闲云集

戴霖军 著

中华书局

图书在版编目（CIP）数据

闲云集/戴霖军著. —北京：中华书局，2018.2
ISBN 978-7-101-13034-8

Ⅰ.闲…　Ⅱ.戴…　Ⅲ.古体诗-诗集-中国-当代　Ⅳ.I227

中国版本图书馆 CIP 数据核字（2017）第 330402 号

书　　名	闲云集
著　　者	戴霖军
责任编辑	许旭虹
出版发行	中华书局
	（北京市丰台区太平桥西里 38 号　100073）
	http://www.zhbc.com.cn
	E-mail：zhbc@zhbc.com.cn
印　　刷	北京市白帆印务有限公司
版　　次	2018 年 2 月北京第 1 版
	2018 年 2 月北京第 1 次印刷
规　　格	开本/640×960 毫米　1/16
	印张 14¼　插页 2　字数 100 千字
国际书号	ISBN 978-7-101-13034-8
定　　价	56.00 元

戴霖军，男，1956 年出生，浙江宁海人。大学毕业后先后在宁波、宁海等地工作，曾担任宁海县人大常委会主任等职。业余爱好诗词，多首作品发表于《诗刊》《中华诗词》《东坡赤壁诗词》《早春》《视尚》等刊物上，或入编《浙江当代诗词选》《当代宁波诗词选》《宁海当代诗词精选》。现为中华诗词学会会员，浙江省诗词楹联学会会员，宁海跃龙诗社名誉社长。

目 录

二　至爱亲朋

三 时政新咏

四 感事抒怀

五 诗友酬唱

六　闲情偶寄

七　游走网络

自序

　　如果说中华传统文化是清清的流水，那么诗词就是曲水流觞中那觞醇醇的美酒；如果说中华传统文化是巍巍的山峰，那么诗词就是喜马拉雅山上那朵洁白的雪莲；如果说中华传统文化是无尽的宝藏，那么诗词就是宝藏中那颗最璀璨的明珠。

　　我爱诗词，一如世人爱酒、爱花、爱明珠。

　　由于出身于贫穷的农民家庭，上学时又恰逢成天只背红宝书的令人难忘的特殊年代，大好的少年时光，我只会背几首口口相传的童谣，浑然不知唐诗宋词为何物。中学时，30余首毛泽东诗词成了我之于诗词的爱不释手的启蒙读物。以至于时至今日，我背得最顺溜的诗词还是毛泽东诗词。

　　恢复高考那年，我有幸跨入大学殿堂。学业之余，常跑图书馆。当时，借得最多的不是专业书，而是文学作品。一次，偶然翻见一本关于诗词格律的小书，看着看着，就被其中的平平仄仄吸引住了。于是乎，登记，借阅，摘录，模仿……

不过，真正学诗，还是大学毕业之后的事。那年回乡探亲，与那时的女友、现在的妻一起，去拜访我们在公社电影队时的共同的师父——张晓邦老师。交谈中得知，1980年8月，张老师与四位同好结社龙山，成立了浙江全省最早的诗社之一——宁海跃龙诗社，张老师任社长。听说我喜好诗词，便邀我加入诗社。我当然求之不得。于是附庸风雅，学着写诗填词。《长相思》《中秋寄怀》等，就是那时的习作。只是随着双胞胎儿子的降生，随着我调回宁海县政府办公室工作，一天到晚忙得团团转，再也没有了"闲情逸致"。尽管后来张老师推我为跃龙诗社副社长兼秘书长，但我却鲜有精力参与诗社事务的打理，亦鲜有好的作品交出。惭愧！直至2010年参加跃龙诗社成立30周年庆典之后，才又重新激活了那份诗心。集子中的大部分作品，也都是最近五六年创作的东西。

国运昌，文运昌。在实现中华民族伟大复兴的进程中，诗词受到越来越多的关注。央视两季《中国诗词大会》的播出，无疑成了诗词复兴的催化剂。去年，我的家乡获评"中华诗词之乡"。如今的宁海大地，处处充满诗意。在这里，诗词进机关、进农村、进学校、进企业、进社区、进景区，走进了寻常百姓家的日常生活。毫无疑问，诗词也已然成为我的生活乃至生命的一部分，将会伴我终生。

我悄悄地对诗词说：诗词，我爱你！我将不忘初心，继续前行。

戴霖军

2017年6月

一
屡痕处处

浣溪沙·人意山光（四十三阕）

引　子

那年那月那日，夜读《徐霞客游记》，忽然起了用《浣溪沙》词牌，记述游历之处的念头。以"人意山光"（徐霞客赞宁海景色语）为总标题。

碧海苍梧①万里霞，
芒鞋藜杖夕阳斜。
奇书②一部古今夸。

人意山光收笔底，
清风明月乐天涯。
何妨闲品《浣溪沙》。

载《诗刊》2017年肆月号上半月刊

① 碧海苍梧：徐霞客有"大丈夫当朝碧海而暮苍梧"
之语。
② 奇书：指《徐霞客游记》。

跃龙山①

谁唤"卧龙"成"跃龙"？
将军湖畔问苍穹。
洋溪无语绕葱茏。

翠鸟啼时霞映秀，
松风起处月朦胧。
白云千载抚文峰。

载《诗刊》2017年肆月号上半月刊

---

① 跃龙山：古称"卧龙山"。

谒跃龙山乾坤正气坊
和方正学读书处

最是缑乡不了情，
乾坤正气骨铮铮。
回回到此意难平。

扶菊不禁嗔过客，
逐莺唯恐扰先生。
清风又送读书声。

载《诗刊》2017年肆月号上半月刊

秋日重访梁皇山^①

荻白枫红菊正黄，
梁皇寻迹意茫茫。
曾经游圣歇行装。

新见奇峰盘栈道，
依然飞瀑沁心房。
半竿斜日绚词章。

① 梁皇山：为徐霞客出游首宿地。

野鹤湫

风舞霓裳百媚生，
波横峰聚^①啭流莺。
小家碧玉俏亭亭。

野鹤^②闲时云作伴，
闲云^③野处我心倾。
斜阳脉脉恁多情。

载《诗刊》2017年肆月号上半月刊

---

① 波横峰聚：宋王观《卜算子》词有"水是眼波横，山
　　是眉峰聚"句。
②③ 野鹤闲云：野鹤湫景区有野鹤、闲云等风景区。

秋访归云洞

归云洞位于盖苍山脉的小丹山南麓。洞在山腰深处，常有云气出入，故得名。南宋右丞相兼枢密使叶梦鼎曾在此读书。慕其名，乃结伴趋访。时值深秋，置身洞中，只觉泉喧云起处，风送木樨香，让人心旷神怡。归途中，又见稻海翻浪，溪水澄澈，秋枫火红，柑橘金黄，一派迷人风光。

谁解鲲鹏万里翔，
归云古洞读书郎。
泉声作伴木樨香。

稻浪诱人溪愈绿，
秋枫惹眼橘新黄。
前贤故里正沧桑。

载《诗刊》2017年肆月号上半月刊

许家山石头村

淡淡炊烟淡淡云，
沧桑岁月石头村。
石头骨肉石头魂。

石巷无言偏解语，
石墙有韵自沉吟。
石门深处酒香醇。

王干山观日出

山道弯弯曙色新，
王干有约倍相亲。
爱妻伴我数星辰。

几缕清啼真妙趣，
一轮喷薄足销魂。
桑田沧海漫彤云。

载《中华诗词》2016年第12期

三麓潭四季歌（四阕）

其一　三麓潭踏青

最是温情四月天，
熏风柔雨醉山鹃。
又来三麓探桃源。

翠谷寻芳云似海，
清溪垂钓柳如烟。
村醪土菜让人馋。

其二　夏夜茶叙三麓潭

一曲清溪作管弦，
蝉鸣蛙鼓倍陶然。
杯杯普洱润流年。

知趣凉风摩小树，
殷勤明月照青山。
梵音起处是新庵①。

载《诗刊》2017年肆月号上半月刊

---

①　新庵：浙江慈云佛学院所在的慈云寺，旧称"新庵"。

其三　秋游三麓潭

毕竟金秋三麓潭，
秋山秋水景尤妍。
游人到此足流连。

雨霁秋池秋色满，
山青红叶白云闲。
夕阳无事起寒烟。

其四　冬宿三麓潭遇雪

拂晓临窗耀眼银，
因风柳絮舞纷纷。
爱妻脱口《沁园春》[①]。

野树枝寒"梅"怒放，
澄溪水暖气氤氲。
远山苍莽玉为魂。

---

① 《沁园春》：指毛泽东名作《沁园春·雪》，开篇即
　　为"北国风光，千里冰封，万里雪飘"。

前童古镇①

丝竹江南梦未央，
小桥流水石花窗。
屐声起处韵悠扬。

紫燕梁间寻旧迹，
村姑院内晾新装。
炊烟袅袅共斜阳。

载《中华诗词》2016年第8期

---

① 前童古镇：素有"乡村水墨画，江南丝竹调"之美誉。

浙江第一樟①

阅尽人间苦与辛，
知君腹内有乾坤。
一身斑驳诉年轮。

叶染家山千点绿，
根亲故土四时春。
古村沃野自缤纷。

载《诗刊》2017年肆月号上半月刊

① 第一樟：竹林古樟有一千五百年历史了，中空，可停
进一辆小汽车（故云"腹内有乾坤"），号称"浙江
第一樟"。

秋夜露天泡温泉

除却南溪不是秋，
蛩声竹影韵悠悠。
一池新水恁温柔。

丹桂风轻香自远，
霜天云淡月逾幽。
问君还有几多愁？

载《诗刊》2017年肆月号上半月刊

广德寺听琴

禅院深深竹影摇，
清香清茗月相邀。
绕梁琴韵绕梁箫。

赤壁平沙歌落雁[①]，
高山流水羡渔樵[②]。
阳关一曲忆知交[③]。

载《中华诗词》2016年第12期

①②③　赤壁怀古、平沙落雁、高山流水、渔樵问答、阳
关三叠：均为古琴名曲。

秋游横山岛

风送咸腥浪叩舷，
吟眸望处水连天。
秋光随我上横山。

杳杳钟声心自在，
苍苍修竹韵悠然。
鸥歌婉转绕归帆。

咏西店双山

相守谁知几万年？
无情风浪旧容颜。
牛郎织女见犹怜。

共白头时飘大雪，
舞霓裳处缈轻烟。
喃喃细语月儿圆。

冠峰重阳诗会（三阕）

其一

欲效当年霞客狂，
放飞心绪向山岗。
冠峰盛会赋重阳。

策杖山花频绕膝，
凝眸野果自飘香。
始知"王爱"语非诳。

其二

跃上冠峰意气扬，
风忙擦汗地铺床。
泉声山色满诗囊。

秀岭逶迤华顶远，
闲云飘逸白溪长。
天湖秋草正苍苍。

其三

袅袅炊烟旧瓦房，
鸡鸣犬吠是农庄。
香茶一碗透心凉。

应令果蔬鲜可口，
陈年土酒韵绵长。
诗心不觉醉山乡。

夏访阆风里

甲午端午诗人节前夕，跃龙诗社组织诗友赴"浙东文学师表"阆风先生舒岳祥故里采风，感而赋得《浣溪沙》一阕。

节近端阳情更痴，
阆风桥畔仰先师，
先师无语我无诗①。

蹑足篆畦②滋细雨，
凝眸台岳③醉云霓。
梅溪千古韵依依。

① 无诗：舒岳祥先生好友戴表元有"无诗莫入阆风里"句。
② 篆畦：舒岳祥先生当年创建的浙东名园。
③ 台岳：既实指天台山，又借指阆风先生（全祖望称舒岳祥、胡三省、刘庄孙为"天台三宿儒"）。

烈士纪念日前重访柔石故居有感

我国第一个"烈士纪念日"临近,忽然记起今天(9月28日)是柔石诞辰一百一十二周年纪念日,故独自重访柔石故居。

> 又见西门杏叶黄,
> 空空院落独彷徨。
> 金桥柔石①可相忘?
>
> 妙手曾经裁锦绣,
> 铁肩未敢畏强梁。
> 庭前依旧桂花香。

---

① 金桥柔石:柔石原名赵平复,其故居门前原有一条清澈的小溪,上有一石板桥,桥上镂着"金桥柔石"四字。

秋访雁苍山吉祥禅寺

偷得浮生半日闲，
清风伴我访禅关。
千年古寺白云间。

茶语片时山有韵，
心香一瓣水无澜。
秋阳自在照池莲。

同乐园赏梅

浅绿深红诗满盆，
暗香疏影自销魂。
流连忘返赏花人。

梅伴清风真雅士，
园名同乐见精神。
天寒相赠一枝春。

十里红妆博物馆遐想

云送衣裳花送香，
春风十里送红妆。
浙东女子尽封王。

花轿悠悠痴梦满，
金莲款款世途长。
声声唢呐向何方？

小满雨中游天姥
（次韵林峰老师）

轻雨正宜洗驿尘，
山鹃飞瀑自缤纷。
一分夏意九分春。

清韵悠悠缘太白，
诗情缕缕情谁人？
云峰望断是天门。

谒潘天寿故居悼先生
逝世四十五周年

又谒先生小院中，
依稀挥笔正从容。
东风无语眼朦胧。

"四绝"①高山叹巨匠，
千秋骨鲠贯长虹。
雷峰②遥望矗青松。

① 四绝：潘先生画印诗书四艺皆精。
② 雷峰：指雷婆头峰。潘先生画作常以"雷婆头峰寿者"落款。

桑洲行

古镇偏宜带雨看，
清溪秀屿①自缠绵。
岚烟拥我向南山②。

滴水岩丛藤漫漫，
格桑花海蝶翩翩。
诗情更比白云闲。

①② 清溪、秀屿、南山：既虚写，又实指：清溪，我县
五大溪流之一，流经桑洲；秀屿，桑洲旧称秀屿
乡；南山，南山章村有南山驿。

盖苍山登高

欲写盖苍词未工，
殷勤寻句向茶丛。
华章却在涧边枫。

飞瀑珠生虹隐隐，
幽篁风起浪重重。
斜阳正照五鹰峰。

载《诗刊》2017年肆月号上半月刊

双峰印象

跃上葱茏处处娇，
山花竹海竞妖娆。
村姑翠鸟对歌谣。

阅尽沧桑千岁榧，
饱经风雨万年桥①。
一湾溪水自逍遥。

---

① 千岁榧、万年桥：双峰有树龄千年以上的古榧树和
名列"宁波市十大名桥"的"万年桥"。

伍山石窟[1]

怒触不周叹共工，
龙吟石泄洞天雄。
藤萝峭壁两从容。

帆影涛声风习习，
霞飞鹭舞日融融。
神山凌顶荡尘胸。

载《诗刊》2017年肆月号上半月刊

---

[1] 伍山石窟的主景区为"不周神山"，典出《淮南子·天文训》中"共工怒触不周之山"的神话传说。

天河风景区①

端的河从天上来，
飞龙犹绕阆风台。
青山绿水绝尘埃。

绮梦直须向天姥②，
清风自可濯情怀。
浮槎何必到蓬莱？

---

① 天河风景区有飞龙湖、阆风台、天姥山、仙人峰、
天水三绝、清风寨等景点。
② "绮梦"句：指李白《梦游天姥吟留别》。

胡陈东山桃园

醉美缑乡三月天，
寻芳觅韵向谁边？
半城男女在东山。

人面桃花争暖意，
春风丝雨润心田。
桃园真个是桃源。

诗人节访欢乐佳田

时序端阳雅兴稠，
佳田欢乐聚诗俦。
花藤瓜果各风流。

红紫调皮撩彩蝶，
青葱恣意悦吟眸。
长歌短曲韵悠悠。

永嘉石桅岩

一柱擎天不计年，
雄奇峻秀石桅岩。
朝朝暮暮盼开船。

借得东风帆鼓鼓，
牵来灯塔月弯弯。
苍山如海浪无边。

阿里山感怀

林海听涛阿里山，
儿时旧梦几回牵。
如今面对鬓毛斑。

山色迷蒙遮望眼，
泉声隐约拨心弦。
归程却叹道弯弯。

晓出台南山芙蓉度假村口占

离别三天忽觉长，
清宵孤馆倚寒窗。
晨曦挽我接朝阳。

晓雾山光疑梦境，
秋风鸟语似家乡。
伊人伫立小溪旁。

月牙泉

万里奔波为哪般？
月牙昨夜落沙山。
沙山更在夕阳边。

大漠盈盈悠美目[①]，
游人啧啧叹奇观。
驼铃自此绕心间。

---

① 美目：有人说，月牙泉是"天的镜子，沙漠的眼"。

西夏王陵

西夏是我国十一世纪初以党项羌族为主体建立的封建王朝。西夏王陵是西夏王朝的皇家陵园，是中国现存规模最大、地面遗址最完整的帝王陵园之一，被誉为"神秘的奇迹"、"东方金字塔"。

九曲黄河饮马还，
贺兰山麓枕戈眠。
土丘无语守年年。

隐约悲歌风雨里，
依稀豪气斗牛间。
欲寻党项向谁边？

乘游轮溯流莱茵河

绿树蓝天邀白云，
白云欲吻岸边人。
莱茵河水濯心尘。

古堡①幽幽藏过往，
游轮熠熠炫当今。
饮茶甲板醉乡音②。

---

① 莱茵河法兰克福段两岸有很多古堡，国际古堡协
会总部就设在其中的一座古堡内。
② 在游轮上巧遇一个来自家乡的旅游团。

海德堡向天鹅堡途中

昨夜乡关入梦萦，
阖家团聚乐盈盈。
晨行仍忆梦中情。

无意天蓝云朵朵，
懒看羊白草青青。
天涯何处是归程？

游伊斯坦布尔金角湾

天碧鸥闲海浪亲，
熙熙桥上钓鱼人①。
满城尖顶是清真。

欧亚两洲频往返②，
古今历代懒梭巡。
时晴时雨异乡心。

---

① 欧亚大陆桥上每天都有很多的钓鱼人，成为一道
风景。
② 欧亚大陆桥一天几个往返，故有此说。

琐窗寒·双林村记游

去岁阳春，
驱车山道，
水迎峰扑。
熏风漾处，
醉得桃红柳绿。
正欣欣、溪旁又见，
山庄农舍皆华屋。
更鱼翔浅底，
蜂欺嫩蕊，
鸟啾空谷。

飞瀑。
溅珠玉。
忆幽涧寻兰，
碧潭濯足。
陶潜若在，
岂羡东篱残菊？
叹吾侪、五斗折腰，
何如庐结茶山麓。
效前贤、明月清风，
好赋诗词曲。

画堂春·九顷塘赏荷

荷塘九顷漫徜徉，
碧波翠盖斜阳。
柳丝风软拂罗裳，
款款幽香。

袅袅冰清玉洁，
痴痴地老天荒。
莫非今日做新娘？
十里红妆。

登泰山南天门有感

天门遥不及，
拾级气难匀。
为览群山小，
登攀自有人。

九顷塘怜荷

曾经映日接云天，
流落山乡我见怜。
相对轻声问仙子：
西湖六月可依然？

桐庐富阳千岛湖纪游四绝句

严子陵钓台感吟

抛却荣华别帝都，
羊裘一袭到桐庐。
富春烟雨迷濛处，
也钓浮名也钓鱼。

龙门古镇印象

古桥古塔古江村，
曲径回廊不染尘。
莫道龙门溪水浅，
孙权曾是此中人。

游东吴文化公园

园近江边锦绣浮，
菊黄荻白韵悠悠。
东吴豪杰今安在？
云自飘零水自流。

乘梦想号船游千岛湖

一登游艇梦缤纷，
便向瑶池深处寻。
千岛风光醉人处，
半湖山色半湖云。

浙西行吟三绝句

诸葛八卦村

奇哉八卦村，
千古孔明魂。
最是钟池水，
年年映白云。

廿八都随想

兵家富贾演沧桑，
往事当堪话短长。
安得一壶消永夜，
鸡鸣三省看朝阳。

江郎山（折腰体）

才尽江郎未敢诗，
销魂莫若并肩姿。
沐雨栉风冬复夏，
为谁守候为谁痴？

临海行吟四绝句

临海印象

东湖秋水绿，
北固白云闲。
到处乡音似，
依稀故里还。

半勾亭

云自妖娆水自清，
锦鳞莲叶恁多情。
风光尽醉东湖客，
一半勾留是此亭。

樵云阁①怀古

灭吾十族又何如？
靖难惟知方孝孺。
幸得东湖留此阁，
白云片片祭樵夫。

谒戚公祠

当年征战气干云，
长剑一挥倭丧魂。
今日依然睁怒目，
只缘东海起妖氛。

① 据传樵云阁系为纪念在靖难之变中愤而自尽的樵
夫而建。

谒潘天寿故居

小径青苔起，
先生何处家？
西湖描映日①，
雁荡写山花②。

观东吕杜鹃花展

白鹭清溪细雨斜，
彩衣绸伞杜鹃花。
乡村谁是描春手？
满面和风满眼霞。

①② 映日、雁荡山花：均为潘天寿先生代表作。

踏春杂咏

踏　春

初霁休嫌日上迟，
郊游结伴正当时。
桃红柳绿山岚暖，
一路春光一路诗。

采　茶

想必新芽愧吐迟，
争先恐后入箩时。
东山笑语西山曲，
信手拈来皆是诗。

野　餐

一晌贪玩午饭迟，
饥肠辘辘意痴时。
兴来一掬花溪水，
半嚼干粮半嚼诗。

丁卯重九福泉寺登高感怀（七律三首）

（一）

重九黄花重九枫，
登高结伴趣方浓。
欢歌不绝倩男女，
壮志依然健媪翁。
揖谢高僧迎远客，
仰钦大笔走蛇龙①。
芸芸自诩虔诚甚，
未尽凡心佛怎逢？

---

① 福泉寺大雄宝殿匾额系赵朴初先生手笔。"大笔走蛇
龙"即指此。

（二）

未尽凡心佛怎逢？
寻诗酒后意朦胧。
依稀宝刹藏幽竹，
隐约磬声逐晚风。
眼底匆匆霞色浅，
心头切切念情浓。
何时国共重携手，
普庆中华又大同。

（三）

普庆中华又大同，
神州十亿乐融融。
黄髫初识歌盈耳，
皓首重逢泪满盅。
铸剑为锄耕沃土，
催云化雨净苍穹。
同挥椽笔书青史，
华夏巍巍世界东。

游伊斯坦布尔新皇宫有感

祖先浴血始为君，
极尽奢华民怨焚。
地毯丝长三万尺，
水晶灯重九千斤[①]。
往来海北天南客，
非是生前身后论。
世事从来诡难料，
而今日进恁多金[②]。

[①] 新皇宫中的藏品以重4500公斤（9000斤）的枝型水晶灯最为著名。
[②] 现在的新皇宫游客如云，旅游收入相当可观。

二　至爱亲朋

长相思

盼团圆，怕团圆，
明月团圆人不圆，
何如月不圆？

爱危栏，恨危栏，
怅去危栏还觑栏，
哪时无倚栏？

别　绪

折柳偏逢细雨斜，
只身何苦走天涯。
轻轻拥别秋风里，
便把心儿留在家。

雨夜思

淫雨无端昏晓侵，
庭前踯躅念伊人。
他乡可有连天雨，
湿透行程湿透心？

致爱妻（步储吉旺先生《思念》原玉奉和）

孤旅他乡少故朋，
凭窗南眺念伊人。
当年月下初牵手，
前世心间早系绳。
互敬如宾情切切，
相濡以沫意深深。
遥知独立晚风里，
十二阑干应绝尘。

月中秋（三首）

庚寅中秋前一晚，跃龙诗社联合兴圃社区举办中秋赏月诗会，诗友凡五十余人相聚。余因俗务缠身而错过，殊为遗憾。今从驽马老师提供的席间分韵四十八字中拣得"月中秋"三字，各作五绝一首，以附庸风雅。

忆月——给爱妻（以月入韵）

年年醉仲秋，
何物铭心骨？
那天山口风，
那晚溪头月。

望月——给儿子（以中入韵）

蟾宫桂枝冷，
小院露华浓。
无尽思儿意，
深深一望中。

怜月——给自己（以秋入韵）

平生怜桂魄，
今岁更清幽。
每醉孙儿笑，
怡然两鬓秋。

【仙吕】一半儿·中秋忆慈母分月饼

儿时家贫，人多饼少。中秋分饼时，妈妈自己舍不得
吃，总是推说"牙疼"。

中秋分饼总牙疼，
眼角分明酸泪盈，
少小也知慈母情。
月光清，
一半儿温馨一半儿冷。

【仙吕】一半儿·孙儿中秋分月饼

孙儿分饼学当家，
分过"麻蓉"分"豆沙"，
捂住"蛋黄"不让拿。
"这盒呀，
一半儿妈妈一半儿爸。"

父亲节家宴感吟（新韵）

年年父亲节，今夏最感人！刚从美国归来的儿子与媳
妇联袂为我们准备了一顿别开生面的晚餐：所有的菜
都以我的诗句命名！例如，粉丝缠扇贝叫"谁把相思
捻作弦"（《小辘轳》），葱烤河鲫鱼叫"溪鱼正烤待
青葱"（《秋至农家》），红烧茄子叫"一脸春风一身
紫"（《今天放假不言诗》）……特感动，因记之。

儿备食材媳下厨，
佳肴佳句璧联珠。
玉卮未举心先暖，
满满亲情醉也无？

吾儿特意回国接母赴美感赋

何计忙和累，
重洋往返飞。
拳拳虽寸草，
只为报春晖。

思孙曲

海北天南尽粉丝，
童真稚语惹人痴。
秋风若解思孙意，
便把深情托晚飔。

接站口占

脖子酸酸腿也酸，
忽闻喧闹满心欢。
遥遥望见孙儿影，
老脸顿开红杜鹃。

大学首次暑假二绝句

（一）

列车破雾越钱塘，
极目烟波托艳阳。
一路风光无意赏，
帽峰山下是家乡。

（二）

欢声笑语沸全堂，
邻里孩童抱腿忙。
父母惜儿清瘦甚，
儿怜父母鬓边霜。

诉衷情

凭栏偏向暮春时，
更著雨丝丝。
忍心当数王母，
银汉远，鹊桥迟。

流水逝，
落英飞，
草萋萋。
离情别恨，
去雁来鸿，
哪是终期？

致恩师

别梦悠悠总系魂，
又逢佳节念师恩。
纵横今古台三尺，
指点人生鞭一根。
园圃无边漫花果，
云天自在更鹏鲲。
遥知霜鬓高风里，
遍数繁星酒半樽。

忆王孙·车过绍兴思曼庆学友

杭城一别怨严冬，
每把衷肠托晚风。
岁月无情枫已红。
意朦胧，
作客东湖酺正浓。

赠邻居

小狗小猫谁管家？
空空院落夕阳斜。
夫妻相挽云南去，
闲着西园豆与瓜。

春兰（长春文芸新喜志贺）

长钦高洁性温柔，
春绽情怀犹半羞。
文弱花枝霜露挺，
芸纷绿叶雨风悠。
新辞岭上莹莹雪，
喜对灯前脉脉眸。
志在长风送春信，
贺当红紫满神州。

赠友一绝

都道路遥知马力，
岂无日短见人心？
愿君此去鹏程展，
流水高山捷报频。

无　题

清明将至纷纷雨，
子夜难眠寂寂人。
遥念跃龙驻身处，
幽兰倦倦守孤灯。

三 时政新咏

中华诗词之乡验收合格喜赋

宁海跃龙诗社创立于1980年8月。经过三十六年的坚守，终于见证了宁海县获评"中华诗词之乡"的历史时刻。因以记之。

> 三十六年夏与冬，
> 春花秋月每相逢。
> 歌山歌水歌明日，
> 经雨经风经彩虹。
> 笑语今随诗语满，
> 酒香早伴墨香浓。
> 吟旌宜向高天举，
> 万里长空看跃龙。

金缕曲·贺宁海中学
乔迁暨七十二周年校庆

往事如烟去。
溯当年、依稀回响，
北伐军鼓。
正学遗风柔石血，
傲骨铮铮铁铸。
育志士、仁人无数。
挥笔从容书史册，
炼彩石、敢把苍天补。
真不愧，好儿女。

古稀一梦寒还暑。
算人间、桑田沧海，
地天翻覆。
喜看今朝苗满圃，
苦苦园丁呵护。
盼日后、成梁成柱。
"四有"新人新世纪，
越关山、志在凌云处。
风浩荡，大鹏举。

痛悼邓小平同志（七律二首）

（一）

新春夜半起惊雷，
陨落巨星举国哀。
呜咽寒风旗半降，
迷茫赤县乐低回。
凝聆公告灵台泣，
默忆音容泪闸开。
敢问天公何作恶，
怎违民意夺英才？

（二）

叱咤风云数十秋，
峥嵘岁月汗青留。
不惊荣辱傲风雨，
无畏沉浮泛急流。
华夏正如红日上，
英魂何忍天国游？
当须香港回归后，
策杖九龙同九州。

贺文峰论坛十周年

十年风雨十年虹，
硕果红花暖意融。
潮起缑乡帆正满，
长歌絮语唱文峰。

贺《雁苍山》刊出三百期

从来盛世盛文坛，
老树新芽各竞妍。
喜看今朝春更暖，
嫣红姹紫雁苍山。

贺宁海县机关诗社成立

花吟春夏月吟秋，
崛起诗乡又一楼。
自古公门多雅士，
缑城今日更风流。

黄墩诗社诞生志喜

妙峰卓笔①白云笺，
明月清风锦绣篇。
无尽诗心谁搅动？
黄墩潮起一帆悬。

---

① 《黄墩胡氏宗谱》记载的"黄墩八景诗"中，"妙
　峰卓笔"为第一景。

观奥运会女排比赛有感

拼却巴西举国欢，
洪荒又见克荷兰。
精神但得长如此，
胜固欣然败亦安。

参观南京大屠杀纪念馆感吟

当年遥忆自心惊，
水也殷红风也腥。
靖国谁言魂已散，
警钟长撼石头城。

头七遥祭"东方之星"轮遇难同胞

四百生灵一梦残，
奈何桥上步蹒跚。
心香一炷轻声唤：
千里江陵何日还？

赞"托举哥"

2013年6月20日，宁海县桃源街道隔水洋村某出租房内，一个不满三岁的小女孩从高楼坠落，幸有顺丰速递五名员工奋不顾身冲上前去，十手齐举，托住女孩。小女孩安然无恙，而其中两名员工却因此受伤。咏而记之。

浦水龙山正气多，
今来古往费吟哦。
人间谁说真情少？
且看缑城托举哥。

保钓壮举赞

2012年8月15日，香港保钓勇士高举五星红旗，高唱《中华人民共和国国歌》，冲破重重拦阻，一举登上钓鱼岛。此壮举自当载入史册，可歌可泣！

猎猎红旗烈烈风，
国歌一曲撼苍穹。
男儿自有屠龙志，
何惧区区小臭虫。

"天神之吻"①赞

谁解牛郎织女愁？
天神之吻足风流。
嫦娥无悔偷灵药，
广袖轻舒迎侣俦。

① 神舟九号与天宫一号交会对接，被称作"天神之吻"。

农信礼赞四绝句

聚沙成塔

扑面和风拂万家，
缑乡遍地报春花。
凝眸高耸云霄处，
成塔原来靠聚沙。

风雨彩虹

聚力凝心爬险坡，
曾经丑鸭变天鹅。
激流方见英雄胆，
风雨彩虹皆是歌。

营业部印象

大到空间小到针，
细微之处见精神。
真情服务真心笑，
日暖风轻总是春。

草根文化赞

无限生机泥土中，
地头河畔自丛丛。
草根真有迷人处，
敢向春光唱大风。

贺宁海县关工委成立五周年

多少炎阳多少霜，
五年创业不寻常。
浇花滴滴倾心血，
栽树棵棵盼栋梁。
岁岁耕耘情切切，
年年收获果穰穰。
雄心不老征程远，
烁烁银丝耀夕阳。

敬呈孙愫贞杨启炉龚怀源三前辈

儿孙绕膝两鬓霜，

为党为民犹自忙。

余热更生辉百丈，

直教吾辈愧难当。

赞老同志宣讲团

征战当年气势豪，

辛勤今日育新苗。

殷殷期冀殷殷语，

望重德高功更高。

四　感事抒怀

葡萄架下说曾经（三首）

儿时常听老人们说，七夕夜深人静之时，在葡萄架下凝神静听，可以隐隐听见仙乐奏鸣以及牛郎织女的悄悄情话。

（一）

七夕儿时每看星，
葡萄架下守曾经。
凝神常捂妈妈口，
唯恐误将灵鹊惊。

（二）

年少痴痴独看星，
葡萄架下梦曾经。
心香一瓣祈王母：
夜夜鹊桥银汉横。

（三）

华发丛生再看星，
葡萄架下嚼曾经。
金风玉露年年是，
暮暮朝朝谁与听？

摘花生有感

花生果是荚果，理应长在地上。但它别出心裁，子房受精后子房柄迅速伸向地下，然后结果。

> 入世原知坎坷长，
> 如何避得雨风狂？
> 聪明最是花生果，
> 先向泥中粒粒藏。

喜迁新居

> 秋日金风酒未醒，
> 远山黛色近山青。
> 楼高恨不添千仞，
> 脚踩云头手摘星。

参选宁波市首届十大法治人物偶感

退休谁发少年狂，
同事亲朋拉票忙。
争得浮名真粪土，
何妨闲对菊花黄。

中秋盼月遇"杜鹃"台风有吟

题记：月亮是天边的思念，思念是心中的月亮。

婵娟初约忍经年，
风雨如磐怨"杜鹃"。
料得多情皆似我，
一轮明月在心间。

癸巳立秋叹

今日立秋，全国大范围高温，奉化更以43.5摄氏度创下新纪录。我县旱情严重，令人心忧。

谷雨先临夏，
立秋何处秋。
路焦烤牛肉，
风烫灼田畴。
但觉诗心苦，
不堪寝食忧。
惟祈及时雨，
一解众生愁。

喜　雨

将近一月无雨，大地处处喊"渴"。忽见好雨，喜而打油。

午休梦里忽闻雷，
急起推窗喜雨来。
直欲呼儿沽美酒，
当邀敖广喝三杯。

鹊桥仙·七夕有雨

受今年14号台风"天秤"外围影响,今夜有雨,看不到牛郎织女鹊桥相会了。奈何!

忘挥锄镐,忘投机杼,
只盼今宵缱绻。
是谁祭起破金钗,
化天秤、鹊桥阻断?

又穿秋水,又编春梦,
重把指头掰遍。
来年明月莫阑珊,
共儿女、情思长绾。

观柴静《穹顶之下》感吟

家山何处觅蓬莱?
又是沙尘又是霾。
还我蓝天三百日,
穹顶之下听惊雷!

听李亮伟教授诗词讲座有寄

精评雅赏君真健，
点石成金①我赧然。
因羡流觞千古韵，
便随驽马卅年癫。
秋寒高阁吟明月，
春暮斜阳听杜鹃。
但得源头多活水，
诗田汩汩涌清泉。

浣溪沙·读《诗咏宁海三百首》有怀

句自清新韵自醇，
灵山秀水作诗魂。
生花妙笔各缤纷。

举帜方知风烈烈，
垦荒才有绿茵茵。
秋来硕果醉彤云。

① 点石成金：李教授对拙作《浣溪沙·许家山石头村》中连用六个"石"字而句意不显得重复，予以较高评价。

首次参加跃龙诗社中秋诗会感怀

年年吟月月难逢，
且喜今宵照大同。
折桂蟾宫怀远志，
寻诗溪畔逐飞鸿。
幽林隐隐弦歌起，
师友欣欣佳作丰。
若得嫦娥知我意，
殷勤赐句托山风。

聆听雷云老先生在省人代会上审议发言有感

投枪每见笔中来，
廿载沉疴志未衰。
忧罢黎民复忧国，
诤言一席起惊雷。

叹嫦娥

蟾宫寂寞恨无边，
夕夕难圆一夕圆。
属意人寰倍凄苦，
频频珠泪洒无眠。

无　题

半只馒头半碗羹，
孑然一梦已三更。
西风无力谁扶我？
断续寒蛩断续筝。

采桑子·闻"拜雷锋像"感赋

日前报载珠三角三十余富豪集体跪拜雷锋像,誓做
"心灵富豪"。有感而发,调寄《采桑子》。

当年举国"雷锋"热,
老也"雷锋"。
少也"雷锋"。
处处如春扑面风。

"雷锋"忘却多年后,
又学"雷锋"。
又拜"雷锋"。
物欲横流终觉空。

螃蟹之叹

不怨麻绳不怨烹，
无端背骂目难瞑。
芸芸颠沛我横走，
总为人间路不平。

宁海县关工简报百期志贺

九载恒知创业艰，
呕心沥血亦开颜。
夕阳莫道黄昏近，
托起朝阳映万山。

五

诗友酬唱

金缕曲·步张晓邦老师 《收获》词原玉有赠

韵逐清波去。
正龙山、斜晖脉脉，
雁行低语。
三十三年昏与晓，
尽付无边吟绪。
谁似尔、痴心如许？
留得《蹄痕》①千里远，
又《捕风》②、雅集倾情诉。
犹对月，觅佳句。

虚心高节播清露。
育新苗、晨烟暮雨，
秋阳春煦。
沥血呕心心亦足，
诗果词花盈圃。
更一诺、施肥培土②。
盛世欣逢中国梦，
看吟旌、华夏高低树。
龙跃起，大鹏举。

①② 张晓邦老师有个人诗集《蹄痕录》《捕风集》。
② 张晓邦老师《金缕曲·收获》词中有"踏实地、施肥培土"的"承诺"。

桂枝香·次韵贺驽马老师
《蹄痕录》付梓

经年亘一，
好浦水濯诗，
龙山吟月。
闲对云舒云卷，
一樽香烈。
痴迷比兴和平仄，
赋渔樵、扬清激浊。
喜时长啸，
怒时低吼，
痛时凝咽。

叹吾辈、红尘俗客。
把雅趣闲情，
束之高阁。
最羡《蹄痕》初录，
更期续册。
文章老辣今如许，
溢之何惜。
恐流经处，
真情似火，
乱愁如织？

步云飞扬兄原韵贺驽马师七十大寿

休言七十古来稀，
伏枥常思一跃姿。
三十春秋风与雨，
九千昼夜酒和诗。
孜孜笔底平生愿，
猎猎吟坛一杆旗。
更待期颐同聚首，
好将白发赋新词。

鹧鸪天·诗痴（步驽马老师原玉）

读驽马老师两阕《鹧鸪天》，不禁潸然。因步原韵和上一阕，以表敬意。

半是癫狂半是痴，
龙山风物总成诗。
寻章每向花开处，
琢句何辞月落时。

莲叶曲，竹枝词。
举杯邀雁约归期。
愿将白发三千丈，
织就吟坛一杆旗！

步张晓邦吟长原玉揖谢众师友，兼作辞呈

不识风骚偏入盟，
无端诗鬼搅心旌。
推敲溪畔羞迟月，
吟咏林间羡早莺。
每感诸师扶掖意，
常温众友切磋情。
职辞未敢离诗社，
惟愿吟坛百鸟鸣。

鹧鸪天·戏和驽马老师

休问金秋来不来，
满箩硕果笑颜开。
三巡酒过童心起，
便把《诗声》作舞台。

三变怨，少游才。
无端锦瑟费疑猜。
明朝草版痴迷处，
定是香菱入梦怀。

《跃龙诗魂》问世有感呈晓邦师

岁岁黄花岁岁霜，
为诗逆水也流觞。
栉风沐雨耕耘苦，
赢得高风秋实香。

衢州相聚席间赠祝瑜英吟长

宁海成功创建中华诗词之乡，浙江省诗词楹联学会副会长祝瑜英吟长功不可没。日前诗友赴衢州采风，得与祝会长一聚，以此相赠，聊表敬意。

诗乡初创日，
忽报送东风。
播雨滋芳草，
耕云看跃龙。
玉卮情意满，
雅韵梦魂同。
莫负三春约，
那时花更红。

步原玉戏和一苇老师
《辘轳体·今天放假不言诗》

今天放假不言诗，
和着春阳剥荔枝。
润蜜荔枝浸黄酒，
好邀一苇叙吟思。

不傍荧屏傍钓池，
今天放假不言诗。
溪鱼但请多光顾，
慢烤青葱客至时。

一脸春风一身紫，
紫衣飘逸春风里。
今天放假不言诗，
水袖昆腔但凭你。

依依最是柳丝丝，
山雨欲来风满池。
珍重一声车缓缓，
今天放假不言诗。

步韵和静江轩先生

秋水微澜镜未磨，
忽闻江畔叹蹉跎。
添花锦上尚嫌少，
送炭雪中谁见多？
鉴古通今书莫掩，
裁章炼句笔须苛。
此心消得如明月，
好把人生对酒歌。

如意公司三十周年志喜
（步储吉旺先生原玉有赠）

商海行舟春复秋，
笑迎风浪立潮头。
创新辟出途千里，
诚信赢来誉五洲。
善举每随奋蹄马，
文心长伴拓荒牛。
一樽早约期颐日，
如意欣欣最解愁。

次韵和储吉旺先生

贫富忍看壤与天，
忧民忧国不成眠。
热凉恨不同寰宇，
贵贱岂能惟臭钱。
载覆小舟水真易，
坠升缘业佛非难。
低眉吟罢漫无寄，
天竺朦胧月已残。

步储吉旺先生原韵戏作禅茶连珠体

山点禅林水点茶①，
禅茶一味不分家。
茶参禅淡云中鹤，
禅悟茶凡②指隙沙。
茶道禅机随月色，
禅门茶蕊伴莲花。
缕缕茶香禅定印，
禅心茶韵濯袈裟。

①② 水点茶、茶凡：日本茶道大师千宗利云："茶道
不过是烧水点茶而已。"言其平凡也。

敬步一羽先生七秩自寿诗原玉有赠（七律二首）

（一）兼贺《梦飞诗钞》结集

掩卷方知夜已深，
蛩声频续水频斟。
行行工笔描新月，
阒阒铜琶奏古音。
坎坷难磨九霄志，
奔波好作五湖吟。
一樽邀得东篱醉，
笑指南山果满林。

（二）

春有熏风秋有霜，

云舒云卷亦寻常。

赏花应趁柳丝软，

敲韵休辞菊意凉。

诗社中兴凭砥柱，

骚坛盛世盼华章。

等闲约得期颐日，

共向龙山唱夕阳。

论坛读诗有感（步韵陈有西先生《英伦怀远寄友人》兼贺跃龙诗社三十周年）

莫嫌燕瘦与环肥，

织草依然作屋帷。

雅颂流觞传岁岁，

樵歌击节赞回回。

新苗沐雨枝尤盛，

老树逢春叶更葳。

卅载耕耘瓜果茂，

龙山放眼正斜晖。

步韵和柴门兄为诗社三十周年庆典讴歌三绝句

（一）

最羡当年月影迟，
评唐品宋五贤痴。
一从社结龙山后，
便向吟坛树大旗。

（二）

便向吟坛树大旗，
三更灯火五更鸡。
青丝白发天涯路，
风雨彩虹皆入诗。

（三）

风雨彩虹皆入诗，
春华秋实竟无期。
龙山极目云天远，
宋韵唐风绝妙辞。

贺任老序亦先生《咸草续集》付梓

牛鞭执罢执吟鞭，
经雨经风愈傲然。
无畏无私无媚骨，
好将正气赋诗篇。

贺王蕊芳先生《桃李蕴芳华》
诗书集付梓

玉蕊花开别样芳，
春风桃李满缑乡。
欣欣最是华章品，
扑面诗香伴墨香。

步韵和云飞扬兄《生日感叹》

漫言七十短和长，
依旧青山吻夕阳。
尘世无边轻得失，
真心自在淡炎凉。
春风拂面梅斗雪，
秋月临窗菊傲霜。
若得平安随康健，
人生何不梦黄粱？

步韵和王美蓉老师咏花诗（十二首）

梅 花

不向百花争宠时，
素颜偏作雪中姿。
痴情每问春消息，
月下香浮多少诗。

兰 花

幽幽空谷雨晴时，
淡淡情怀摇曳姿。
知是清香无寄处，
因谁岁岁苦吟诗？

水 仙

敢与红梅相并时，
岁寒不改雪霜姿。
凡心洗尽留香影，
水骨玉肌山谷诗[①]。

① 黄庭坚（山谷）咏水仙诗句："借水开花自一奇，水沉
为骨玉为肌。"

櫻　花

春光烂漫得天时，
尽展浓妆妖冶姿。
知否一朝风雨骤，
红尘遍地葬花诗。

梨　花

东风昨夜醉春时，
吹得满园冰雪姿。
一树梨花一溪月，
数声悠笛数行诗。

桃　花

满眼桃花细雨时，
夭夭难掩泪流姿。
伤心无限缘谁诉，
嚼烂当年崔护诗。

杏　花

生逢佳丽竞妍时，
偏爱墙头斜倚姿。
蝶乱蜂围非本意，
无辜最是绍翁诗①。

紫藤花

料是痴心无尽时，
枝缠茎绕断肠姿。
柔柔春雨柔柔意，
串串风铃串串诗。

牡丹花

绝色从容绽放时，
料应羞煞百花姿。
太真丽质今安在②？
魏紫姚黄③千古诗。

①　绍翁诗：叶绍翁《游园不值》有句："春色满园关
不住，一枝红杏出墙来。"不知从何时起，"红杏出
墙"成了贬义词，殊为无辜。
②　杨玉环（太真）以其雍容华贵的天生丽质，被封为
"牡丹花神"。
③　魏紫、姚黄：皆为牡丹名品。

荷　花

销魂最是濯涟时，
款款红香绰约姿。
一自濂溪《爱莲》^①后，
风流多少咏荷诗。

桂　花

澹泊三秋独占时，
蟾宫玉兔欲窥姿。
凌霜浸露花轻放，
香引嫦娥夜夜诗。

菊　花

怅望西风肠断时，
东篱霜冷傲清姿。
南山千载悠悠月，
陶令不归谁采诗？

---

① 濂溪：周敦颐，人称濂溪先生。《爱莲》：指其名作
《爱莲说》。

鹧鸪天·贺王美蓉老师《潭影集》付梓

记得那年春暮时，
结缘自是咏花诗。
冠峰岭上傲霜菊，
同乐园中疏影枝。

情畅远，字珠玑，
迎风一帜鹧鸪词。
所思楼上云笺美，
彩笔何妨着意题。

贺胡全标先生《潮起黄墩集》付梓

道是痴迷道是疯，
文章竟有抗癌功。
乡间拾得泥香满，
胸臆涌来豪气雄。
吟暖朔风吟望月，
染红春日染秋枫。
黄墩潮起诗心远，
啸傲云天大棹东。

咏菊七绝（次韵和浩海紫烟先生同题咏菊诗）

读浩海紫烟先生《咏菊八绝》，忆起往年种菊赏菊的点点滴滴，颇有感触。遂不揣浅陋，步原韵和上七首（少一首《野菊》）。顺序上与浩海紫烟先生大作略有不同：起首作《思菊》；思之不得，故《寻菊》；寻得菊芽，归而《育菊》；育而长成，闲时《对菊》；及至盛开，欣然《赏菊》；久而花老，不禁《怜菊》；怜而有思，故而《劝菊》，并以为总收。

思　菊

嚼香口角菊花词，
瘦月清霜入梦痴。
毕竟西风难作主，
空篱旧圃惹相思。

寻　菊

东篱不见向南山，
辜负春阳空手还。
惊起黄鹂循掠影，
蓦然伊在草丛间。

育　菊

半尺枝条三两芽，
黄沙黑土满盆加。
不辞浇水除虫苦，
眼里分明朵朵花。

对　菊

春风夏日又霜天，
叶愈披离骨愈坚。
知是花魂能解语，
喃喃轻诉两绵绵。

赏　菊

一样花开君独迟，
亭亭羞煞众芳姿。
幽香逸韵谁添得？
明月清风陶令诗。

怜　菊

几番寒雨几番霜，
枝瘦哪堪花也黄。
偏是孤标苏浊世，
愿同初雪共摇芳。

劝　菊

盛夏不开春不开，
深秋谁许独登台？
明年若是花依旧，
唯恐园丁向雪栽。

清平乐·晓出九龙湖度假村遇雨
（次秋歌诗友原韵）

撑支小伞，
便把晨曦挽。
惊起宿禽声自远，
牵我迷离双眼。

风来不觉凉生，
蝉歌糅进秋声。
那水那山无语，
更添心雨层层。

步原韵和界荣法师中秋赏月诗

桂香风软白云闲，
便得清心天地间。
莫问菩提何处是，
悠悠明月照青山。

临江仙·怀吟友

如约春风催柳绿，
依依牵我思量。
遥知师友每痴狂。
接龙龙摆尾，
抢韵韵生香。

归隐山乡求脱俗，
奈何网络无常。
临溪向晚更茫茫。
诗心随冷月，
吟落在何方？

悼云飞扬先生三绝句

（一）

清晨噩耗忽传来，
洒向诗坛处处哀。
仰问苍天天不语，
惟播泪雨满双腮。

（二）

一梦依稀七十年，
吟坛商海总称贤。
柔柔心地铮铮骨，
蝇利浮名尽淡然。

（三）

暮春索句白云庄，
得失炎凉①论短长。
雅集未成君驾鹤，
慈云何处再飞扬？

悼徐通翰先生三绝句

（一）

海样胸怀火样情，
诗坛驰骋正逢春。
如椽大笔如柴骨，
佳句慈容两可亲。

① 2010年5月，在白云山庄参加跃龙诗社三十周年纪
念大会时，先生嘱我为其诗集《眠牛山集》作序。
我在序言中以"尘世无边轻得失，真心自在淡炎
凉"相赠。

（二）

几度梦魂向武林，
师倚我坐忘更深。
醒来犹觉音容在，
耿耿星河耿耿心。

（三）

红枫桂子待金秋，
结伴西湖弄扁舟。
若得师魂离不忍，
谈诗把酒小瀛洲。

痛悼黄稀老前辈

每为先生恨病魔，
乍闻噩耗泪婆娑。
一身肝胆真豪杰，
两袖清风老骆驼。
雅韵正宜霞色晚，

小康何拒寿星多？
莫非玉帝相邀去，
便向天庭唱俚歌。

中秋怀龙山月，兼呈诗社诸师友

云淡风轻何处琴，
故乡南望乱秋心。
遥知师友龙山月，
佳句名茶细细斟。

题空山百合三绝句

和清风诗友

寂寂空山自在开，
清风作伴本无埃。
痴情未解闲花意，
移向园中引蝶来。

和小白诗友

日伴轻云夜伴星，
微红小白俏亭亭。
空山若得清风起，
洒满人间处处馨。

和菜鸟诗友

细雨轻风巧扮装，
彩虹好作嫁衣裳。
谁言百合空山小，
菜鸟原知是凤凰。

致翩然一叶舟（洪宇）诗友

皎洁半轮月，
翩然一叶舟。
谁家笛声起，
洪宇韵悠悠。

揖谢众诗友四绝句

（一）

吟坛小别享天伦，
俗务纠缠忘晓昏。
最是情深诗友念，
闲云莫道不销魂。

（二）

闲云莫道不销魂，
揖谢当先一羽君。
两致帽峰情切切，
丽词雅韵更缤纷。

（三）

丽词雅韵更缤纷，
人意山光又一村。
相约金秋月圆夜，
伴君把酒咏奇文。

（四）

伴君把酒咏奇文，
文自清新酒自醇。
欲借秋风知劲草，
轻舟一叶醉乾坤。

六　闲情偶寄

春　雨

洗罢梅花又洗梨，
春山洗过洗春溪。
痴情最是溪边柳，
洗出鹅黄浑不知。

雨后种菜

一夜知时雨，
秋畦白鹭飞。
新秧分付罢，
荷得夕阳归。

晨起闻桂香口占

谁家恁多事，
恣意送清香？
道是蟾宫桂，
昨宵风雨狂。

鹧鸪天·庭院种菜

兴来也学"过家家"①，
庭院栽培就晚霞。
盆里辣椒挨韭菜，
墙边扁豆伴丝瓜。

拈小草，数新芽。
唤妻同赏夜开花。
纵然陶令东篱酒，
不及闲云大碗茶。

秋至农家

半畦萝卜半畦菘②，
收得新粮付旧砻③。
客至何须愁佐酒，
溪鱼正烤待青葱。

① 庭院里种菜，感觉有点像儿时"过家家"。故有此一说。
② 菘：即白菜。
③ 砻：旧时将稻谷加工成米的器具。谚语有"砻糠搓绳起头难"。

同乐园赏梅

绿萼素心①开满枝，
游龙玉蝶②各成姿。
嗡嗡解得蜜蜂语：
"我采甘甜君采诗。"

天明湖印象

云白鹭逾白，
风清水也清。
今宵应有梦，
款款到天明。

①② 绿萼、素心、游龙、玉蝶：均为梅花名品。

浣妇吟（题图诗）

桃花源里浣溪纱，
浣绿春山浣彩霞。
捣碎叮咛丝缕缕，
但随流水到天涯。

钓　趣

澄溪烟笼水洹洹，
谁许蜻蜓立钓竿？
挣脱人生名利锁，
白云钓罢钓青峦。

直升机低空体验断想

扑面凉风忐忑情，
空中真个似蜻蜓。
不知何处尖尖角，
能让蜻蜓稳稳停。

幽 兰

不画娥眉不倚松，
情怀淡淡付东风。
此生只合山中老，
遥寄红尘莫问踪。

夜游吟风雨

微风细雨独彷徨，
蛙鼓蚤鸣倍可伤。
客醉春光日何短，
雁孤秋水夜偏长。
嫦娥有咎思凡苦，
织女无辜恨汉泱。
明月故乡清几许？
惟余惆怅付茫茫。

秋日偶成

萧瑟秋风今又是，
枝头黄叶任东西。
幽幽篱菊悠悠笛，
淡淡乡愁薄薄衣。
恍惚课堂归绪乱，
流连亭阁晓星稀。
相思最是行人苦，
梦里家乡梦里妻。

偶　感

归飞宿鸟旧枝头，
向晚双凫自在游。
春水微风无尽处，
夕阳孤柳荡悠悠。

即景二题

春　景

古木青峰霭浅深，
新芩碧水鸭浮沉。
子规声里千方绿，
雨后斜阳万点金。

春　钓

垂柳芽新绿，
春江鱼正肥。
稚童频得手，
日暮不思归。

调笑令·蛙鼓

镰月，镰月，
月边数星明灭。
三三两两归划，
迻迻逻逻鼓蛙。
蛙鼓，蛙鼓，
牵我思情如缕。

嫦娥怨（三选一）

寂寞思乡久，
飘零应有涯。
羞羞呼后羿，
接我早还家！

吴刚梦（三选二）

（一）

料是思乡切，
倚枝常掩泣。
支吾玉兔疑：
"露冷寒衫湿。"

（二）

飘飘云雾起，
梦里忽还家。
酬客木樨酒，
洞房皆桂花。

酒后不眠

星河耿耿淡云纤，
蛙鼓慵慵更已残。
欲解孤愁强饮酒，
谁知冷月照无眠。

无　题

懒亲电视懒敲棋，
边剪花枝边剪诗。
只为诗思似青果，
好枝几度作枯枝。

忆秦娥·中秋

诗情烈，
中秋秉烛吟无月。
吟无月，
小城停电，
广寒灯灭。

灯明复见云天阔，
神州极目凝霜雪。
凝霜雪，
灯追月影，
月随灯洁。

七　游走网络

小辘轳·为伊憔悴竟无言

为伊憔悴竟无言，
晓梦依然枕月边。
溪柳曾经千百绾，
行人终究杳如烟。

最是痴痴忆旧年，
为伊憔悴竟无言。
那枚红叶应犹在，
一片冰心可怅然？

独伤春暮老红颜，
立尽斜阳听杜鹃。
白发三千今始信，
为伊憔悴竟无言！

浣溪沙·致秋歌

风有柔情水有涟，
幽香淡淡叶田田。
当时你是那枝莲。

一样心情随细雨，
无边秋色付轻烟。
谁家竹笛月吹弯？

浣溪沙·再致秋歌

料是春光赋太多，
潜心夏日玉精磨。
春歌唱罢唱秋歌。

红叶蕴诗谁采撷？
菊花含露自吟哦。
蟾宫桂树影婆娑。

鹧鸪天·莲

（一）

花落花开年复年，
为君一唱鹧鸪天。
满池春水因何皱，
半鉴白云凭底闲？

愁似雨，恨如烟，
新莲欲写向谁边？
眉头心上东风软，
锦瑟无端五十弦。

（二）

春梦未残春已残，
为君二唱鹧鸪天。
轻雷柳外丝丝雨，
彩蝶池边淡淡烟。

青钿小，跳珠圆，

微风曼舞碧波间。
明朝可有尖尖角，
一任蜻蜓立上边？

（三）

最是多情六月间，
为君三唱鹧鸪天。
红妆十里香风沁，
翠盖千擎酥雨欢。

牵晚照，濯清涟，
不妖不染自嫣然。
何当四季长挥汗，
换取芳莲日日妍。

（四）

瘦绿愁红倚碧泉，
为君四唱鹧鸪天。
空怀秋月千山远，
独念西风一夜寒。

随细雨，付轻烟，
凌波无梦懒勾弦。
明知心苦偏结子，
种向瑶池盼翌年。

（五）

风满荷塘雪满船，
为君五唱鹧鸪天。
依稀每见田田碧，
恍惚长吟楚楚怜。

相如赋，薛涛笺，
闲愁争似藕丝缠。
鹧鸪唱罢君安在？
隐约春光又一年。

小辘轳·谁把相思捻做弦（宽韵）

彼岸·幽兰版主一阕《鹧鸪天》，委婉凄绝，感人至深。一句"谁把相思捻做弦"，依稀有纳兰风韵。特以"谁把相思捻做弦"为题，凑成一组"小辘轳"，聊博一哂。

谁把相思捻做弦？
幽幽对月诉华年。
高山无语云犹在，
流水有波泪自潸。

寒梅一剪梦魂牵，
谁把相思捻做弦？
盼得云中回雁字，
琴心柳指月揉弯。

立尽斜阳又倚栏，
怕吟"千里共婵娟"。
此情只待成追忆，
谁把相思捻做弦？

诗酒连珠体（限韵）

有诗无酒叹华颠[①]，
诗韵何曾换酒筵。
煮酒论诗缘兴起，
诗情酒债倩谁捐。
花前把酒诗邀月，
月下吟诗酒问天。
最羡陶潜诗酒足，
东篱酒醉枕诗眠。

---

① 华颠：头顶上黑发白发相间。

花月连珠体（限韵）

月有清辉花有神，
连珠花月又翻新。
晚霞云①月花间影，
山叟②风花月下人。
得月莲香③花自举，
探花甜蜜④月相亲。
月花吟罢无寄处，
飘逸闲华⑤花月身。

山水连珠体·家乡山水（限韵）

山水连珠珠满箩，
龙山浦水自吟哦。
清音水墨春山鸟，
重彩山歌秋水鹅。
慷水慷山鱼米足，
灵山秀水俊才多。
最是寄情山水处，
描山绣水又开锣。

①②③④⑤　晚霞云、山叟、莲香、甜蜜、闲华：都是
"九龙诗苑"的版主。

烟雨溪桥（命题藏头诗）

烟雨溪桥绝美图，
雨溪桥柳紫衣姝。
溪桥隐约箫声起，
桥畔酒香时有无。

猜诗谜得藏头诗二首

钓鱼岛之痛

九州生气起何时？
龙困沙滩被犬欺。
山野有谁义旗举，
叟①持木棍也随师！

---

① 九龙山叟是九龙诗苑的首席版主。

才女赞

淑娴灵慧意痴痴，
逸致高情总入诗。
闲看云舒云卷处，
华[①]章胜却易安词。

诗接龙（选八首）

万点金珠洒玉池

万点金珠洒玉池，
池边丹桂影参差。
吴刚应是思乡切，
倚斧迎风别样痴。

淡洒清芬共菊篱

淡洒清芬共菊篱，
半篱天籁半篱诗。

---

① 淑逸闲华是九龙诗苑的常务管理员，诗词曲俱佳。

嫦娥应羡篱边菊，
吟得蟾宫桂影迟。

飒飒秋风梦故乡

飒飒秋风梦故乡，
故乡寒露可飞霜？
应知柿子将收尽，
蜜桔涂金稻也黄。

更上龙山又一峰

更上龙山又一峰，
松涛云海自从容。
会当凌顶真豪杰，
猎猎吟旌唱大风。

嫣然妙句韵生香

嫣然妙句韵生香，
词往诗来兴未央。
若得扁舟悠一叶，
何妨对月弄清狂？

豪情依旧写华章

豪情依旧写华章，
敢上九天下五洋。
齐步同追中国梦，
巍巍赤县立东方。

浮名付与笑谈中

浮名付与笑谈中，
快意诗坛一羽公。
佳句每成惊四座，
华章迭出尽唐风。

梨魂忙采入诗行

梨魂忙采入诗行，
难怪诗成句有香。
长啸低吟意悠远，
诗情酿酒更绵长。

词接龙（选一阕）

一斛珠·伤心诗册

伤心诗册，
行行都是痴情织。
深秋冷雨敲窗急，
只影孤灯、正好思初识。

弱柳依依风寂寂，
曾经芳草连天碧。
无端残笛阳关湿，
海角天涯、梦里寻踪迹。

附录

附录一

关于诗词创作若干问题的讨论

（跃龙诗社诗词提升班讲课提纲）

诗词创作，要注意的基本要素很多。譬如：主题的确定，体裁的选择，标题的提炼，乃至布局谋篇、遣词造句，等等。那么，其中需要我们重点关注的核心要素有哪些呢？我以为，对于我们这样已经具备一定基础的诗词爱好者来说，核心要素有四：一曰"诗味"；二曰"意境"；三曰"格律"；四曰"章法"。

一、关于"诗味"

我们都知道，在中华民族的语言文字中，"味"字原先是指食品的味道。以"味"品诗，借"味"论诗，最早出现在西晋：先是夏侯湛以"味"论赋，再是陆机以"味"论诗。之后一千多年，关于诗味的理论百花齐放，百家争鸣，最终成为一个重要的诗学观点与美学概念。比较有代表性的，有齐梁时期钟嵘的"滋味说"、唐代司空图的"韵味说"以及宋代苏东坡的"至味论"。

（一）什么是诗味

所谓诗味，简而言之，是指蕴含于诗词作品中，并能传递给读者的各种美感的总和。

我们强调"诗味"，将它列于诗词创作核心要素的首位，是因为"味"之于诗词，就像"味"之于食品一样重要。我们烹制一碗红烧肉，首先得让食客看在眼里、吃在嘴里感觉是"肉"，而且还是红烧的；然后，最好还能"色、香、味"俱全，让人吃了还想吃。同理，我们创作一首诗词作品，首先得让读者读了之后感觉是"诗"、是"词"；然后，最好还能传递给读者以多种美感：

语言美——有着"诗一般的语言"；

音乐美——有着抑扬顿挫的节奏感和动听的旋律；

画面美——有着较强的立体感和绚丽的色彩；

意象美——意象丰富，能营造空灵、深邃、悠远的意境；

情感美——动人心弦，有着丰富而真挚的情感；

哲理美——以实见虚，以小见大，富含深刻的哲理。

1. 语言美：有着"诗一般的语言"

"山抹微云，天粘衰草。"（秦观《满庭芳》）

"自在飞花轻似梦，无边丝雨细如愁。"（秦观《浣溪沙》）

"风乍起，吹皱一池春水。"（冯延巳《谒金门》）

"枯藤老树昏鸦，小桥流水人家。"（马致远《天

净沙》）

跃龙诗社诗友作品举例：

例1：《烟雨龙山》（张晓邦）

烟雨龙山别样娇，物华隐约接长桥。

一湾溪水悠闲去，几缕斜晖淡淡描。

【点评：物华、长桥、溪水、斜晖，诗人撷取几个特写镜头，再用别样、隐约、悠闲、淡淡等词语虚化联接，勾勒出烟雨龙山的靓丽美景。清辞丽句，句句景语皆情语也。】

例2：《梅韵》（叶国秀）

玉萼妆成高逸影，冰心香骨是清姿。

等闲寂寞经霜雪，许占春风第一枝。

【点评：玉萼、冰心、香骨、清姿、等闲、寂寞、春风第一枝，纵览全诗，遣词造句，高雅华丽，有一种"古典美"。】

2. 画面美：有着较强的立体感和绚丽的色彩

"两个黄鹂鸣翠柳，一行白鹭上青天。"（杜甫《绝句》）

"大漠孤烟直，长河落日圆。"（王维《使至塞上》）

"明月松间照，清泉石上流。竹喧归浣女，莲动下渔舟。"（王维《山居秋暝》）

跃龙诗社诗友作品举例：

《同乐园赏梅》（胡积飞）

赏梅同乐苑，烂熳一望中。

疏影溪边雨，虬枝槛外风。

霜欺姿自傲，雪霁态犹雄。

拙笔吟高洁，嗟吁韵未工。

【点评：甫入梅园，一眼望去，花开烂漫。走近细赏，溪边风雨中，疏影横斜，暗香浮动，经霜历雪，姿态愈为健雄。诗人欣赏着高洁的梅花，唐风宋韵，自在胸中。好一幅赏梅图！】

3．音乐美：有着抑扬顿挫的节奏感和动听的旋律

例1：孟浩然：《春晓》

春眠不觉晓，处处闻啼鸟。

夜来风雨声，花落知多少？

例2：李清照：《一剪梅》

红藕香残玉簟秋。轻解罗裳，独上兰舟。云中谁寄锦书来，雁字回时，月满西楼。　　花自飘零水自流。一种相思，两处闲愁。此情无计可消除，才下眉头，却上心头。

跃龙诗社诗友作品举例：

《鹧鸪天·溪边梅韵》（王美蓉）

碧水清流神韵驰，半溪梅影半溪诗。无心上下探清浅，着意纵横争早迟。　　舒秀色，舞芳姿，望中美景几多时？云笺记取春消息，可慰情怀别后思。

【点评：平仄协调，对仗工整，用韵委婉，用词清丽，用情细腻。吟之再三，余音绕梁，真有那么一种音

乐美！】

4．**意象美：意象丰富，能营造空灵、深邃、悠远的意境**

古人因巧用意象，营造了大美意境而流传千古、灿若繁星的佳作：

陶潜："采菊东篱下，悠然见南山。"——闲适；

李白："君不见黄河之水天上来。"——雄放；

王维："大漠孤烟直，长河落日圆。"——壮阔；

谢朓："余霞散成绮，澄江静如练。"——绚丽；

杜甫："无边落木萧萧下，不尽长江滚滚来。"——苍凉；

白居易："东船西舫悄无言，唯见江心秋月白。"——萧瑟；

李清照：《一剪梅》——幽怨缠绵；

岳飞：《满江红》——壮怀激烈。

跃龙诗社诗友作品举例：

例1：《大雪》（汪超英）

风雪何来急，山川一夜雕。

开门还久立，不忍踩妖娆。

【点评：一个"久立"，一个"不忍"，将诗人"赏雪"、"怜雪"之态之情勾画得惟妙惟肖，让人击节赞叹。这就是意境！读到这样的好诗，我们的思绪似乎也随之在诗人打开的那扇"门"口久久伫立。】

例2：《忆月——致爱妻》（戴霖军）

　　年年醉仲秋，何物铭心骨？

　　那天山口风，那晚溪头月。

【点评：一首五古，说了什么了吗？什么也没说！真的什么也没说？不，什么都说了！】

5．**情感美：动人心弦，有着丰富而真挚的情感**

诗词作品的成功与否，非常重要的一点是，看你的作品中有没有寄托自己的情怀。所有诗词佳作，或多或少，或浓或淡，都蕴含着作者的情感。几乎无一例外。即使是看上去纯粹赏景的作品，细细品味，照样有"情"。所谓"一切景语皆情语"也。

王维：《送元二使安西（渭城曲）》

　　渭城朝雨浥轻尘，客舍青青柳色新。

　　劝君更尽一杯酒，西出阳关无故人。

【通篇不着一"情"字，却字字句句有情（细雨是情，新柳是情，杯酒是情，故人也是情），通篇饱含深情。无怪乎阳关叹三叠，成为千古绝唱。】

跃龙诗社诗友作品举例

《雨夜思》（戴霖军）

　　淫雨无端昏晓侵，庭前踯躅念伊人。

　　他乡可有连天雨，湿透行程湿透心？

6．**哲理美：以实见虚，以小见大，富含深刻的哲理**

例1：王之涣：《登鹳雀楼》

白日依山尽，黄河入海流。

欲穷千里目，更上一层楼。

例2：苏轼：《题西林壁》

横看成岭侧成峰，远近高低各不同。

不识庐山真面目，只缘身在此山中。

跃龙诗社诗友作品举例：

《观钓有感》（王跃于）

柳影凌波下钓纶，凝神一瞍运机心。

为贪人食为人食，世上如鱼不乏人。

【点评："为贪人食为人食"，真乃警世名言也。观钓观出如此感悟，非具大智慧者不能也。】

（二）如何酿造诗味

怎样才能写出诗味浓郁的诗词作品呢？这个问题是困扰我们这些诗词爱好者尤其是初学者的一大难题。要提出破解这个难题的良方，绝对不是我力所能及的。在此，我只提出一些大概的途径，与诗友们作些探讨。

1. 四个"多下功夫"

第一，要在阅读经典上多下功夫。（《红楼梦》中黛玉的意见）

第二，要在深入生活上多下功夫。（深入、观察、感悟，功夫在诗外）

第三，要在作品构思上多下功夫。（虚着点儿，弯着点儿，倒着点儿）。

第四，要在作品修改上多下功夫。（一诗千改始心安；吟安一个字，捻断数根须）

2.三个"点儿"

关于诗味的酿造，张其俊先生认为，从创作思维表现手法和遣词造句诸多方面，要有这么三个"点儿"：即虚着点儿，弯着点儿，倒着点儿。虽属一家之言，倒也颇有道理。

其一，所谓"虚着点儿"，其实也就是说：不要写得太平实，而要实中求虚，虚实相生。这一招，是诗人创作实践中应用最广泛的手法之一。比如《公交车上》："车乘公交往返匆，欣看礼让蔚成风。微微一笑如春雨，暖意融融不语中。"按照一般思路，三、四句会从文明新风、和谐社会，甚至被让者的感激等方面入手。但作者只将这些东西归于既实又虚的"微微一笑"，艺术感染力（诗味）就明显上了一个档次。

其二，所谓"弯着点儿"，就是不要平铺直叙，直来直去。袁枚在《随园诗话》中说："凡做人贵直，而作诗文贵曲。"初唐诗人宋之问的《渡汉江》很有名："岭外音书断，经冬复历春。近乡情更怯，不敢问来人。"按一般的逻辑，诗人突遭变故，被贬到岭南半年多了，快回到家乡时，应该是"近乡情更'切'，'急欲'问来人"。但是，诗人有意识在这儿转了个弯，不用"切"而用"怯"，不用"急欲"而用"不敢",境界就出来了,诗味就出来了。如果用了"切"和"急欲",这首诗也许就不会流传至今了。

其三,所谓"倒着点儿",就是"正面不写写反面",变化一个角度去开拓。有悖常理、反用经典、自相矛盾等等,均属此类。

(1) 有悖常理(反常合道):例如李绅的《悯农》:"春种一粒粟,秋收万颗子。四海无闲田⋯⋯"诗写到这里,按常理推导下去,"丰衣又足食"便是顺理成章的事了。然而作者却偏偏是"倒着点儿",来了个"农夫犹饿死"!读到这一句,人们便不得不思考个"为什么"?而这正是作者所追求的艺术效果!还有一首倒过来写的诗我也很喜欢,是唐温如的《题龙阳县青草湖》:"西风吹老洞庭波,一夜湘君白发多。醉后不知天在水,满船清梦压星河。"这样的好诗,我们只需读一遍,便印象深刻!(《上邪》最经典:"上邪!我欲与君相知,长命无绝衰。山无陵,江水为竭,冬雷震震,夏雨雪。天地合,乃敢与君绝!")

(2) 反用经典:"经典"一旦反用得贴切,自然会为作品增色不少。如毛泽东的《浣溪沙·和柳亚子先生》:"长夜难明赤县天,百年魔怪舞翩迁,人民五亿不团圆。 一唱雄鸡天下白,万方乐奏有于阗。诗人兴会更无前。"其中,"一唱雄鸡天下白"这句就是反用了李贺《致酒行》中的经典名句"我有迷魂招不得,雄鸡一声天下白"。我的《浣溪沙·秋夜露天泡温泉》结句"问君还有几多愁",大家一看就知道是反用了李后主《虞美人》中的经典名句"问君能有几多愁"。

(3)自相矛盾:矛盾出诗意。请看王籍《下若耶溪》:"蝉噪林逾静,鸟鸣山更幽。"初看觉得有点自相矛盾,但是越读越有味。清人诗云:"江心浪险鸥偏稳,船里人多客自孤。"真的是矛盾出诗意!再如我的《长相思》:"盼团圆,怕团圆,明月团圆人不圆。何如月不圆! 爱危栏,恨危栏,才去危栏还觑栏。哪时无倚栏。"这一"盼"一"怕"、一"爱"一"恨",看似自相矛盾,但作品却更耐咀嚼。

3.学点常用技巧

我们在创作诗词作品时,需要综合运用各种不同的技巧,力求作品更有"诗味"。这些技巧中,最基本的有格律、章法、修辞、用典,等等。关于格律与章法,我下面再讲。在此,我简单地讲讲其他一些技巧。

(1)炼字

诗词的创作非常注重"炼字"。古人有"吟安一个字,捻断数根须"之说。经常引用的"炼字"故事有:

王安石:"春风又绿江南岸。"(句子中的"绿"字,诗人先后用过"到"、"过"、"入"、"满"等字。)

贾岛："鸟宿池边树,僧敲月下门。"(与韩愈的"推敲"故事)

（2）炼句

诗句的质量直接影响到"诗味"的酿造和意境的营建。因此,炼句在诗词创作中占有重要地位。我们学习技巧,就不得不关注炼句的方法。最常见的炼句方法有:

a. 词类活用

"晓镜但愁云鬓改,夜吟应觉月光寒。"(李商隐《无题》)镜:名词作动词用。

"山光悦鸟性,潭影空人心。"(常建《题破山寺后禅院》)悦、空:形容词作动词用。

b. 互文见义

"秦时明月汉时关"(王昌龄《出塞》)

"烟笼寒水月笼沙"(杜牧《泊秦淮》)

"花径不曾缘客扫,蓬门今始为君开。"(杜甫《客至》)

"主人下马客在船"(白居易《琵琶行》)

c. 倒装

"竹喧归浣女,莲动下渔舟。"(王维《山居秋暝》)

"香稻啄余鹦鹉粒,碧梧栖老凤凰枝。"(杜甫

《秋兴八首》）

"红紫调皮撩彩蝶，青葱恣意悦吟眸。"（戴霖军《浣溪沙·诗人节访欢乐佳田》）

d. 省略

"枯藤老树昏鸦，小桥流水人家。"（马致远《天净沙》）

"鸡声茅店月，人迹板桥霜。"（温庭筠《商山早行》）

e. 对比

正对："蝉噪林逾静，鸟鸣山更幽。"（王籍《下若耶溪》）

反对："回眸一笑百媚生，六宫粉黛无颜色。"（白居易《长恨歌》）

（3）修辞

a. 对仗（对偶）："无边落木萧萧下，不尽长江滚滚来。"（杜甫《登高》）

b. 比喻："忽如一夜春风来，千树万树梨花开。"（岑参《白雪歌送武判官归京》）

c. 夸张："白发三千丈，缘愁似个长。"（李白《秋浦歌》）

d. 设问："两情若是久长时，又岂在、朝朝暮暮？"（秦观《鹊桥仙》）；

"孤标傲世偕谁隐？一样花开为底迟？"（《红楼

梦》林黛玉《问菊》)

(4)用典

诗词中引用过去有关史实或者有来历有出处的词句,来表达诗人的某种愿望或情感,从而增加词句之形象、意境,即是"用典"。例如:

杜牧《泊秦淮》:"商女不知亡国恨,隔江犹唱后庭花。"(南朝陈后主的《玉树后庭花》系"亡国之音"。)

毛泽东《人民解放军占领南京》:"天若有情天亦老,人间正道是沧桑。"("衰兰送客咸阳道,天若有情天亦老",出自李贺的《金铜仙人辞汉歌》)

二、关于意境

(一)什么是意境

《辞海》给出的定义:文艺作品中所描绘的客观图景与所表现的思想感情融合一致而形成的一种境界。具有虚实相生、意与境谐、境生象外,追求象外之象、韵外之致的审美特征。

简而言之,意境,就是一种情景交融的诗意空间。

(意象与意境的区别:意象,是以象寓意的艺术形象,是具体而形象的;意境,则是由寓意之象生发出来的艺术氛围,并非"虚无",但不免"缥缈"。)

"诗味说"与"意境论",是支撑中国古代诗词评论的两大核心理论,本质上都是一种关于诗歌的美学理论。诗的美,集中体现在意境上。意境的情景要素,使"诗味"这一描述性概念有了较为具体、可深化的审美内涵;意境的隐喻、象征、幻象和哲理性,使"诗味"的审美内蕴富于主体的多层面性、多角度性;意境理论使得"诗味说"有了进一步的充实与发展。

古往今来,文人墨客们从未停止过对于诗词"意境"的探索和追求,为我们留下了大量宝贵的文化遗产。理论研究方面,最早提出"意境"这一概念的是唐代的"七绝圣手"王昌龄。他在《诗格》中说:"诗有三境:一曰物境,二曰情境,三曰意境。"宋元以降,这方面的专著不胜枚举,如袁枚的《随园诗话》、王国维的《人间词话》等等,对后世都有很大的影响。创作实践方面,因营造了大美意境而流传千古的佳作更是灿若繁星。

（二）营造意境的方法

从古人的作品看,营造意境的手法多种多样,不胜枚举。如果一定要作一归纳,可以将其大致归为三大类:即借物抒情、借物言志、借物明理。而这三种手法,说到底,还是那句话:"情由境生,情景交融。"

1. 借物抒情。这是我们最常用的手法。我们每创作一篇诗词作品,或多或少、或明或暗,总有一些情感上的东西寄托其中。如果作品中只见物而不见情,这个作品就不是好作品。借物抒情的名句，在古人作品中俯拾皆是。如李白的"举头望明月，低头思故乡"；李后主的"问君能有几多愁，恰似一江春水向东流"；纳兰的"辛苦最怜天上月，一夕如环，夕夕都成玦"。这些句子中，浓浓的或淡淡的情，让人觉得是那么地不可拒绝。

2．借物言志。相对于借物抒情，言志类的用语就来得更为直接些。如于谦《石灰吟》中的"碎骨粉身浑不怕，要留清白在人间"；文天祥《过零丁洋》中的"人生自古谁无死，留取丹心照汗青"；曹操《步出夏门行·龟虽寿》中的"老骥伏枥，志在千里；烈士暮年，壮心不已"；陆游《卜算子》中的"零落成泥碾作尘，只有香如故"。

3．借物明理。古人的某些诗词作品之所以能流传至今，很大程度上是因为作品的某句话揭示了深刻的人生哲理。如朱熹《观书有感》的"问渠那得清如许，为有源头活水来"；杜甫《望岳》的"会当凌绝顶，一览众山小"；郑板桥《题画竹》的"新竹高于旧竹枝，全凭老干为扶持"。

三、关于格律

诗词创作诸要素中，"格律"是最基本的"核心要素"。格律诗，包括后期的词、曲，讲究"五定"：篇有定句，句有定字，字有定声，韵有定位，律有定对。这"五定"是先贤们在长期的诗词创作中，经过千锤百炼后形成的"黄金定律"，是中华民族文化之瑰宝，是世界文化宝库中的一朵奇葩。近年来，有不少有识之士在呼吁，要将诗词格律列入非物质文化遗产。作为诗词爱好者，毫无疑问，我们应该努力传承唐风宋韵，让古老的格律诗词永葆生机与活力。当然，时代在发展，诗词格律不可能也不应该一成不变。尤其是有些字的读音，好几百年前就已经与《平水韵》里的读音完全不同了，我们现在写诗填词，还有必要将"东"与"冬"分开两个韵部，而将"元"与"门"作为同一韵部吗？那么，如何正确对待"格律"呢？我十分赞成马凯先生的观点："求正容变"！就是说，要尽可能地遵循"正体"——即严格的诗词格律规则，同时又允许有"变格"。在这里，"求正"是前提，是普遍性要求，应该放在第一位；"容变"只能算作"小概率事件"，应该放在第二位。这两者的位置还是不能放错的。尤其是初学阶段，要坚持"求正"，先将基础打好；积累了一定创作经验，达到一定创作水准之后，可以有意识地尝试一下"容变"。

四、关于章法

所谓章法，就是诗文的组织结构。我们讲得最多的，就是"起承转合"四字法。

（一）什么是"起承转合"

由于老师们讲课时，多以绝句为例，于是有些诗友可能就以为"起承转合"指的就是绝句的章法。其实不然。绝句要讲究起承转合，律诗也要讲究起承转合，词、曲、赋都要讲究起承转合。包括科举中的八股文，更是非常强调起承转合。所以，起承转合是创作诗文的一般章法，至今依然具有强大的生命力。那么，什么是"起承转合"呢？简单说来：起，就是起因，就是开头；承，就是承接，就是承接上文加以铺开，就是事件的过程；转，就是转折，以引出结句；合，就是结束。

（二）怎样做好起承转合

元代的范德玑在《诗格》中提出："作诗有四法：起要平直，承要舂容，转要变化，合要渊水。""平直"、"变化"二词容易理解；"舂容"，就是"从容"；"渊水"，就是"深潭里的水"。这四句话大致是说：作诗，起首不必过于追求奇崛，心平气和地将事情的原委道出即可（例如《红楼梦》中王熙凤的"一夜北风紧"）；铺开时可以承接起首，从容不迫地娓娓道来；到了转折处，要有所变化，以引出结尾（转有"进一层转"，"推开一层转"、"反转"等方法）；结句则要力求空灵、深邃、绵远。清刘熙载《艺概·文概》说："起、承、转、合四字，起者，起下也，连合亦起在内；合者，合上也，连起亦合在内；中间用承用转，皆顾兼起合也。"也就是说，要做到起中有合，合中有起，首尾呼应，一脉相承。

（三）绝句的特殊"转合"方式——对结

绝句转结还有一种手法，叫"对结"，就是以对仗句作结。如王之涣的《登鹳雀楼》："白日依山尽，黄河入海流。欲穷千里目，更上一层楼"；孟浩然的《宿建德江》："移舟泊烟渚，日暮客愁新。野旷天低树，江清月近人"；杨万里的《晓出净慈寺送林子方》："毕竟西湖六月中，风光不与四时同。接天莲叶无穷碧，映日荷花别样红"等绝句，都是这种类型。在这类绝句中，有起，有承，有合，但转折往往不明显，或者干脆就没有转折。如《宿建德江》，其转折是"客愁新"三字。还要注意的一点就是，一般的结尾要求空灵、绵远，而这类绝句则要求言尽意亦尽。如果后面还可以再说点什么，则这个绝句就有"半律"之嫌。

附录二

《书香阁诗抄》序

认识汪先生的诗，还是2010年的事。那年，跃龙诗社举办成立三十周年庆典。诗社社长张晓邦老师向我通报活动安排的大体设想时，说起诗社在宁海新闻网的"文峰论坛"上开辟了《跃龙诗声》栏目，让我这搁笔多年的"老社员"关注一下。遵嘱前往一看，哇，热闹得不得了。除了原先认识的几位师友之外，一个网名叫"又一村"的诗友很活跃，诗作多，诗风实，造诣高，读来让人眼前一亮。同时，给网友诗作的评语也中肯。一打听，才知道是早就认识的汪超英先生。从此，就喜欢上了汪先生的诗。

喜欢汪先生的诗，缘于其清新自然。古人云："夫诗者，天地自然之音也。"汪先生的诗，给人的就是那么一种感觉。"晨曦寒未退，夜雨似留声。坪草初生绿，绮花不识名。健身来老妪，斗口满流莺。还看池边柳，条条晓梦萦。"《公园漫咏》诗中，那天，那地，那人，那花草虫鸟，被安排得那么妥贴，那么自然。尤其是结句，晨曦中，池边的垂柳朦朦胧胧，婀娜多姿，似幻似真，给读者留下了极大的想象空间。《登山遇新疆女工》为我们呈现的也是那种难得的清新与自然："蝶影翩翩天上来，莺声燕语费人猜。秋山引得冰山客，别样风情头莫回。"当时此诗在网上一发，便有诗友打趣说，咱们也去那山上走走？即使是限定步韵的"命题作文"，诗人也照样能写得有如身临其境。请看《秋风》："庭院啸声起，清池落叶浮。柳姿梳又乱，溪语滞还流。淡淡篱边菊，幽幽月上楼。终将几多梦，化作此间秋。"

喜欢汪先生的诗，缘于其贴近生活。生活永远是文艺作品的根本和源泉。汪先生的诗，写的都是诗人所见所闻所为所思，因而都有较为浓郁的生活气息，读来格外亲切。"莺声燕语入仙山，纤指红红小口甜。采满竹篮相顾笑，玫瑰花色上衣衫。"一首《摘杨梅》，活脱脱一组水彩画，一下子就把读者带到了采摘现场。"假日闲多学种瓜，藤缠蔓长著黄花。凌空挂果爬虫少，一碗丝汤绿进家。"读了《丝瓜》，你是否也想去种点"有机蔬菜"饱饱口福呢？再看二十多年前写他女儿的《如如》："如如欢好学，绕膝总莺鸣。十月爸妈叫，满周开步行。弯腰道拜岁，执笔划图形。活泼人人爱，风姿待长成。"那份欢愉，那种满足，让人们不禁也随诗人一起，共同期待他那可爱的"小公主"快快长大。

喜欢汪先生的诗，缘于其情真意切。"古人为诗皆发于情之不能自已，故情真语挚，不求工而自工。"（邬启祚《耕云别墅诗话》）在汪先生的诗集中，随处可见充满真情实感的好诗。如《慰问》："密雨浓云岁将残，千家欢乐一家寒。卖房治病言中苦，负债读书心里酸。城市繁华藏陋室，乡村变化见茅间。红包送上声噎咽，但祝全家过好年。"读完全诗，不由得鼻子一酸，一次次访贫问苦时的情景，迅速再现在我的脑海。"巧手天生邻里知，荧灯相对便如痴。夫添温暖妻添乐，一线一针编织时。"欣赏《绒衣》，那份温情，那种和美，真让人羡慕不已!《南乡子·添衣》为我们送上的则是另一番浓浓的亲情："笑语自相陪，依旧慈颜鬓毛衰。曾记叮咛今反嘱，猜猜，红艳绒装哪国牌?"

喜欢汪先生的诗，缘于其构思奇巧。历代诗人均讲究"诗味"，而奇巧的构思，无疑是酿造"诗味"的重要途径之一。初为汪先生诗文之奇巧构思所折服，是他于2009年6月发在《跃龙诗声》栏目的那首《步秋歌原韵》。当时，秋歌诗友以"当时我是那枝莲"为题，写了三首一组"小辘轳"，挂在《跃龙诗声》上。那份缠绵，那种婉约，打动了文峰网友，一时和者甚众。汪先生的和诗，独以"当时我是那枝莲"、"如今仍是那枝莲"、"将来还是那枝莲"的递进式构思，平添偌多"诗味"，赢得声声喝彩。《大雪》所营造的意境也颇为让人着迷："风雪来何急，山川一夜雕。开门还久立，不忍踩妖娆。"一个"久立"，一个"不忍"，将诗人"赏雪"、"怜雪"之态之情勾画得惟妙惟肖，让人击节赞叹。读者的思绪似乎也随之在诗人打开的那扇"门"口久久伫立。读了《王干山远眺》，也会有这种感觉。"秋日登高眺海门，桑田变幻远山村。东边养殖西边稻，不见乡间绘画人。"诗人明明是在赞赏王干山望中之如画美景，却偏说"不见乡间绘画人"。读过此诗，您一定也想在秋日去王干山登高远眺，不是吗？

我喜欢汪超英先生的诗！

2012年3月于缑城

附录三

田园自有诗中趣　山水岂无笔底波
——《梦飞诗钞》序

　　胡积飞先生又要出诗文集了！今年是先生七十寿诞，他要给自己献上一份厚礼。

　　先生说过多次，这第三本诗文集要我作序。而我则一直不敢应承，因为我觉得真有点"班门弄斧"之嫌。直到日前，先生说吟稿已经整理完毕，就等我的序言了，我才知道这次终究是捱不过了，只好硬着头皮接下这任务。好在这也是一个向先生学习的极好机会。

　　先生凭借他的天赋与勤奋，年轻时即在我县文艺界小有名气，散文、诗歌、通讯、报告文学等诸多文体，均能熟练驾驭。而旧体诗词，则一直是他的"最爱"。出差之时，唐诗宋词从不离身，一有闲暇，便"学而吟之"（先生语），且每有所得。可以毫不夸张地说，诗词早已是他生命中的一部分。1990年加入跃龙诗社以来，尤其是近年担任"跃龙诗声"版主以来，先生一直是诗社同仁中作品数量最多、质量最高的诗人词家之一。其造诣，其成就，其人品，得到众诗友的一致好评。

　　纵览先生本集诗文，题材相当广泛。但占据较大篇幅的，主要有三大类，即纪游类、感怀类和酬唱游戏类。

其一，纪游类。寄情山水，咏怀言志，似乎是先生的"最爱"。《六秩述怀》中"田园自有诗中趣，山水岂无笔底波"的诗句，就明白无误地告诉人们这一点。粗略统计一下，诗集中此类诗词几乎占到"半壁江山"。也正是这"最爱"，使得先生的纪游诗在缑乡诗坛独树一帜。平心而论，先生游历过的地方不算太多。但是他足迹所到之处，几乎都有作品以纪。有些地方，初游有诗，再游有诗，三游四游甚至五游依然有诗。似乎他去的地方，诗词早就搁那儿，等着他去取回便是。再说了，先生"登山则情满于山，观海则意溢于海"（刘勰《文心雕龙》），其所创作的纪游诗，多为组诗或排律，如《张溪八景》《梅岭八景》《伍山石窟八绝》《宁海湾放歌系列》《游井山庙港头寺五言排律二十二韵》，等等。所填之词也以《沁园春》《念奴娇》《水调歌头》乃至《莺啼序》等长调居多。偶尔填个《忆江南》，也是"双调四阕"。作品格律工整，用典精切，设色富丽，造语新鲜，颇有唐人遗风。类似于"岚腾灵涧流泉绿，霞蔚秀峰夕阳红"、"明桥戏叠浪，宝塔隔疏钟"这样的丽辞佳句比比皆是。尤为难得的是，先生善于融景、情、理于一体，让读者在跟随诗人赏景的同时感悟人生。试以《望海茶韵三题》之"品茶"为例。

"赏春何日结诗盟，望海楼头啸傲鸣。汲得山泉烹碧玉，煮来花露沏浓情。杯中优劣清和浊，眼底沉浮辱与荣。雅座一壶堪悟道，品茶直似品人生。"此诗应该是诗人参加一次赏春品茶的雅集之后所写的。首联短短十四个字，便将雅集的时间（春季）、地点（望海楼头）、人物（一众诗友）以及此行的目的（赏春品茶吟诗）交代得一清二楚；颔联说主人热情地"汲得山泉"、"煮来花露"，为诗人们沏上望海名茶。咀嚼这样的诗句，读者似乎也闻到了望海茶的扑鼻清香，觉得喉头生津；颈联与其说是在品茶，倒不如说是在感喟尘世，让人不由自主地产生强烈的共鸣；有了颈联的铺垫，尾联便显得水到渠成、贴切自然而又意味深长。这样的诗，笔力老到，词句清新，富有哲理，反复吟诵之，觉得齿颊留香。

其二，感怀类。对大事的关注，对小事的敏感，对人生的嗟叹，加上坎坷的经历和丰富的阅历，使得先生在感怀类诗词的创作中，比常人多了几分厚度与深度。庆建国建党、十七大十八大召开，贺奥运世博盛会、神九神十飞天，赞英雄壮举，悯芸芸众生，先生写来均有其独到之处。特别是对人生的感悟，对亲友的悼念，更是让人动容。请看《甲申杂感》（之一）："深秋桂雨已堪惊，霜鬓频添百感生。"对时序的敏感，对流年的无奈，字字都考验着读者的心理承受能力；"解惑犹怜晨负笈，求知未忘夜挑灯。"笔锋陡的一转，将读者的思绪带到诗人珍惜大好时光、如饥似渴地汲取知识的青少年时代；"青春羁旅家千里，少壮归耕月满庭。"创业的艰难，生活的辛劳，让人不堪回首；"六十年来唯一哭，奈何书剑两飘零。"读完这样的诗句，心里沉甸甸的，直想与诗人同"哭"！这就是功力，这就是境界，这就是深度！再看《念奴娇·清明祭母》："荒草凝烟，新篁垂泪，云树同悲切。"那份刻骨铭心的思念，那种撕心裂肺的悲切，让人不忍卒读！当然基调明快欢畅的感怀作品，也同样有着较强的感染力。如《喜入中华诗词学会》的"大好山川勤步履，如歌岁月动吟怀"、"满园春色情方好，再吟平生得意诗"，等等。常有此等心情，相信先生的身体会更健康，思维会更敏捷，创作会更上一层楼。

其三，酬唱游戏类。由于先生人缘诗缘极好，又位居诗社副社长、诗声版主之职，加上网上诗坛常常搞一些命题作诗、抢韵成诗、诗词接龙等活动，故诗集中酬唱游戏类作品也占有一定比重。按常理论之，酬唱游戏类作品受制于诸多因素，其质量难免会打些折扣。但细细赏读先生的此类作品，其中依然佳作纷呈，给人以美的享受。先来看一首步韵诗："吟朋来访意如何，一座诗情此放歌。且喜蓬门无俗客，岂忧傲骨有沉疴。光阴于我辉煌少，命运由天感慨多。碌碌浮生应自愧，秋霞似锦却蹉跎。"玩过步韵诗的朋友都知道，由于韵字要与原作一模一样，而诗意又要完整而连贯，非常的不易。纵观此诗，开阖自如，章法井然，对仗工整，用情至真，寓意深刻。若无深厚的功力，断然达不到如此的境界。即使是争时间抢速度的网上诗词接龙游戏，先生亦照样玩得轻松自如，游刃有余。请看接龙诗："人生难得一清名，利禄无缘于世争。借我天年重抖擞，俚歌唱晚再前行。"读到这样的好诗，我等忍不住也想"狗尾续貂"接上一首。先生的游戏类诗词还有一个别具一格的"诗群"，那就是"串网名入诗"。网友的网名可谓千奇百怪、千姿百态，但在诗人眼里，也成了有趣的创作素材。"秀色江南日日晴，溪边草木又青青。为伊憔悴柴门里，春水池塘夜月明。"短短四句诗里，竟然嵌入秀色江南、溪边草、为伊憔悴、柴门、春水五个网名，且平仄合律，诗意完整，格调高古。读了这诗，不仅当事网友乐不可支，其他人也会开心一笑。

先生的楹联创作，不仅在缑乡大地颇有名气，而且在全省、全国也有一席之地。集子里收录的100副楹联中，有25副已入选中国楹联学会编的《中国楹联年鉴》。对于楹联，我更是门外汉，故不敢再多置喙。

末了，谨以一首《敬步一羽先生七秩自寿元玉》作结，兼贺先生《梦飞诗钞》付梓：

掩卷方知夜已深，蛩声频续水频斟。

行行工笔描新月，阕阕铜琶奏古音。

坎坷难磨九霄志，奔波好作五湖吟。

一樽邀得东篱醉，笑指南山果满林。

2013年9月于缑城

附录四

换个地方去写诗
——《俚歌晚唱·续集》序

接到这部诗稿时，黄稀老前辈离开人世已经两个月了。黄老临终前嘱托张晓邦老师，要我为他的这本诗集作序。对黄老的那份厚重的敬意，让我根本无法拒绝这沉甸甸的嘱托。

黄老是建国前参加革命的老前辈，他那坚定不移的信念，坚忍不拔的意志，克己奉公的精神，埋头苦干的作风，连同他那嫉恶如仇的正义感和忧国忧民的情怀，都让人肃然起敬。有一年秋季，我特意去他那位于樟树潭的家中拜望他，聆听他关于党风与民风的关系的一番论述，振聋发聩，令我久久难忘。从那以后，我对黄老的敬意又添了几分。

黄老能诗，早有所闻。但当我七年前读完他的第一本诗集——《俚歌晚唱》时，还是有点感到意外。这次读完续集的诗稿后，这种感觉得到进一步增强。

感到意外，是因为黄老如此之高的古诗词造诣。说实话，一开始，我对黄老的诗词是没有太高的期望值的。以他初中一年的学历，以他从政三十余年的经历，以他七十岁始入老年大学诗词班学诗的资历，这诗作，能好到哪儿去呢？可谁料想，没读上几首，就被吸引住了。你看，黄老不但对诗词创作的一些基本要素，如格律、章法等能中规中矩，比兴、对仗等技巧能熟练运用，而且往往立意不俗，意境高远。如《同乐园赏梅》："身残体朽老梅桩，人道此生难再光。君却奋然迎雪起，异葩新放暗播香。"写梅乎？写人乎？作为一个年届米寿的老革命、老诗人，通过短短四句赏梅诗，抒发了伏枥老骥的壮心！此诗可赞，此心可赞！这样的好作品，集子里随处可见。再者，在作品的创作题材上，或关注大事，或针砭时弊，或赞美生活，或感恩亲情，或感叹人生，不一而足；体裁应用上，诗有古风、绝句、律诗，词有小令、中调、长调，广泛涉猎。除了诗、词、曲之外，黄老还撰写了不少诗论文章，其中不乏具有真知灼见的精品力作。甚至连"古汉语与现代汉语平仄声分辨"这样的领域，他也颇有研究心得。

　　感到意外，是因为黄老如此鲜明的诗词风格。老干部学诗，比较一致的"风格"就是颇受诟病的"老干体"。原以为，他的诗作，可能更多的也是政治概念与口号的堆砌，也抹不掉"老干体"的痕迹。谁知，黄老多以口语入诗，既无"老干体"的生硬，亦无文人"无病呻吟"的空泛。读着他的诗作，只觉得一股清风扑面而来。请看他的《丙戌元宵拾景》："青团裹罢裹汤包，你煮鱼羹我捣糕。两盏灯笼门口挂，争燃鞭炮闹元宵"（之一）；"万人空巷大游行，抬阁过完过鼓亭。老外也来趁热闹，乱敲锣鼓乱吹笙"（之二）；"锣鼓喧天鞭炮鸣，龙狮共舞庆升平。小儿牵着笑声跑，追了船灯追马灯"（之三）。所有诗句全是口语，但是句句出彩、首首生辉。读着这样的诗句，宁海城乡欢天喜地闹元宵的场景跃然纸上。

感到意外，是因为黄老对古诗词如此之深的痴迷。勿庸讳言，老年人学诗、为诗，相当大的一个动因，只是为了排遣那份空虚与无聊。一句话：玩玩而已！但黄老于诗，如果说他是在"玩玩"，真是一种亵渎！我的感觉，他对诗词的热爱，完全称得上是"痴迷"。正因为痴迷，他才会以古稀高龄进入县老年大学诗词班学习；正因为痴迷，他才会为一首诗、一句话甚至一个字而反复推敲，废寝忘食；正因为痴迷，他才会不顾年老多病，积极参加跃龙诗社或者老年大学诗词班组织的各项活动；正因为痴迷，他才能在不长的时间内，创作出大量的诗词作品，结集出版两本厚厚的诗集。甚至可以毫不夸张地说，作诗填词，早已成为他生活乃至生命中非常重要的一部分！他自己也曾说过："平生只吸半支烟，老酒醇香未结缘。唯有吟诗成爱好，常因一字不成眠。"（《爱诗》）

正当古诗词复兴的春天万紫千红之际，正当跃龙

187

诗社欣欣向荣硕果累累之际，正当黄老的诗词创作更趋成熟之际，无情的病魔夺走了黄老堪称顽强的生命。弥留之际，黄老念念不忘的依然是诗社、诗友、诗词。悲乎！痛哉！不过，像他这样痴迷的诗人，到了另一世界，想必也会是诗人，也会快乐地唱着他那风格独特的"俚歌"。

在此，谨以一首《痛悼黄稀老前辈》作结：

每为先生恨病魔，乍闻噩耗泪婆娑。

一身肝胆真豪杰，两袖清风老骆驼。

雅韵正宜霞色晚，小康何拒寿星多？

莫非玉帝相邀去，便向天庭唱俚歌。

2015年1月识于闲云阁

附录五

《梁皇山书联》序

翻开娄宗恕老先生送来的《梁皇山书联》书稿，先是疑惑，再是惊讶，然后是敬佩。

一看到《梁皇山书联》的书名，不免心生疑惑："这是一本资料辑录吗？还是……？"梁皇山是南梁时岳阳王萧詧的隐逸地，徐霞客"开游"后的首宿地，其厚重的历史文化积淀自不待言。但窃以为对梁皇山的相关情况也略知一二，从没看到过或听说过这梁皇山上有那么多楹联，多到可以单独结集出版的呀！如果不是，那《梁皇山书联》又是怎么样的一本书呢？

粗略翻读了先生的《自序》及目录后，顿时感到惊讶：这竟是一本以梁皇山为主题的"联、诗、书、画"创作集！全书共有46副对联、17首诗，除极少数是方孝孺等先贤的作品外，均为先生自己的原创，并用工整的柳体楷书书写，不少还配了彩图。其视觉效果非常好。

及至认真拜读了全部书稿，对娄老先生的敬佩之情油然而生。先生年近八旬，且"足蹇步艰"，为创作联、诗、画，他"多次策杖登峰，陟岵临险，寻胜探幽"。单是这种精神，这份执着，就让人肃然起敬。所创作的联与诗,文字典雅,对仗工整,景情俱胜,显示了先生深厚的古典文学功底。请看《题观瀑亭》:"异谷奇峰峰奇谷异,流泉飞瀑瀑飞泉流。"此联巧用回文形式,将梁皇山景区的景色特点归纳得恰如其分,引人回味。再看《题罡峰斗寮》:"万仞桐峰撩罡斗天高地厚,千秋游记起梁皇人意山光",不仅点出了梁皇山之奇险,而且紧扣"《徐霞客游记》开篇地"这一主题,不失为一副好对联。又如《题上梁皇山》:"造顶梁皇真好汉,登峰桐柏小神州。"试想,如果在梁皇山顶峰建一凉亭,刻上此联,当游人登顶时,在凉亭里一边擦汗、喝水、观风景,一边欣赏这对联,感觉一定"豪情万丈"。特别值得一提的是梁皇山对联的压轴之作《题东南第一奇山》,联曰:"山连伟脉雄峰溯江源南岳天柱雪山盖苍昆冈眠月峨眉摘星华顶蟹背尖结穴奇山归桐柏十万里逶迤而下集灵集秀琼台衍物华瀛海来秀气谁绘天工无墨画;性逸林泉岚窟自羽客葛仙皇冠萧謇弼士洪光慈云遵式枕石烟霞徐弘祖匡时良将出拱台二千年缱绻其中来哲来贤仙冕修真洞沙儒阐道场当书人杰有诗声。"全联洋洋洒洒凡130字,将梁皇山的山水秀色人文历史囊括其中,直追号称"古今第一长联"的昆明大观楼长联,让人赞叹不已。

愿娄老先生健康长寿,佳作迭出,为缑乡文化多作贡献!

2012年5月于缑城

附录六

跃龙诗社活动推精作品点评（三则）

一、冠峰重阳诗会精品推荐及点评

本次活动共收到发至网上的作品106首，作品质量也较以往有明显提高。尤为可喜的是，不但老诗人宝刀不老，佳作颇丰，而且新诗友创作热情高涨，文字功底扎实，作品日渐成熟，让人为之振奋。精品推荐如下：

1. 驽马：八声甘州·冠峰岭上

趁重阳爽气出西门，冠峰岭头风。看山山叠巘，村村竞秀，树树峥嵘。筋竹新庵远眺，王爱自从容。凝望东流水，日夜匆匆。　　且向仰天湖畔，傍路山茶艳，香气尤浓。况黄花烂漫，蜂蝶逐时空。近天台、当年霞客，次停留、碑迹记游踪。田家酒、和称心句，能不争雄！

我曾经说过，驽马老师的作品，素以工稳老辣见长。读完此篇，这种感觉愈加浓烈。词作从"出西门"写起，循着车轮的轨迹，循着诗友的足迹，循着时间的痕迹，（时间过去会有痕迹吗？）循着作者的心迹，从容抒写，娓娓道来，自然流畅，"豪迈大气而不事张扬"（一苇老师评语）。正像那陈年"田家酒"，温醇香烈，韵味绵长。尤其是"看山山叠巘，村村竞秀，树树峥嵘"，连

191

用三个叠字，传神地描画出沿途的秀美山乡风光，让人击节赞叹。确是好词章！我只能仰望，只能学习，不敢妄评，就此打住吧！

2. 一羽：重阳登高抒怀（二）

> 风轻云淡又重阳，野径黄花晚节香。
>
> 筋竹庵前寻古道，冠峰岭上访新庄。
>
> 登高筼海秋山媚，揽胜天湖逸兴长。
>
> 岂敢才疏争好句，茱萸遍插咏华章。

今年的重阳时节，一羽先生至少"登"了两次高，"抒"了两次"怀"。第一次登高感怀诗中那句"忆昔饿殍君记否"，振聋发聩，至今依然回响在我们耳边。而这篇《重阳登高抒怀》（之二），更是受到众诗友的追捧。此诗情景交融，笔法老到，主题鲜明，结构严谨。起句以景入题，开门见山，直抒胸臆，蕴涵着诗人的某种情感；"野径黄花晚节香"，一语双关，亦花亦人；中二联按照登山观察顺序，一路写来，亦景亦情，情景相生，寓情于景，借景抒情，读来如细水微澜，滋味绵长，且对仗工整，笔力稳健；转结句巧妙运用反诘修辞手法表达诗人的情怀，谦逊内敛而又首尾呼应，化典无痕又回应主题。大赏佳作！

3. 静江轩：壬辰重阳

> 何以颂时康，登高韵十行。中秋联国庆，敬老借重阳。
>
> 绿树缘村合，青山弥果香。金风寻菊蕊，玉露入萸窗。

莫品思乡酒，休提剥蟹姜。天清观雁字，日丽畅心房。
百事凭和善，三生庆吉祥。人伦常砥砺，美德可衡量。
节令开新意，孝慈续旧章。脉从根脚起，九九播芬芳。

毫无疑问，静江轩先生的"复出"，为繁荣"跃龙诗声"、提升诗声人气，起到了十分重要的作用。作为跃龙诗社的发起人之一，他的诗词之品位早已被诗友们所称道。从这首《壬辰重阳》中，也可略见端倪。全诗十一韵共二十句。起首四句，交代背景，揭示主题，行有佳句，句无赘字。接下来的四句"写景"。绿树青山，金风玉露，乡村香果，菊蕊萸窗，句句精彩，扣合重阳；"缘"、"弥"、"寻"、"入"四个动词，字字传神，不可移易。第三个四句"抒情"，作者要品味深秋、享受重阳了。"思乡酒"大概就是陈少华的《九月九的酒》中唱道的"亲人和朋友，举起杯，倒满酒。饮尽这乡愁，醉倒在家门口"吧？而有"剥蟹姜"，估计作者是在星级宾馆享用美味；从下句的"日丽畅心房"来看，他的心情确实很好！（至于说"莫品"、"休提"，可能是怕大家抢了他的美酒肥蟹吧？小气鬼！）最后的八句均为"说理"，作者结合"重阳敬老"，倡导和善、孝慈、不忘本的人伦，对于目下的和谐社会建设，颇有些现实意义。纵览全诗，文风平实，笔力老辣，手法娴熟，对仗工稳。好诗，好诗！

4. 龙山人：重九偕诸吟友登冠峰

骚人应约上冠峰，此日登高逸兴浓。

弥望云山人境外，无边风物画图中。

黄花幽艳临深涧，翠鸟轻盈下碧空。

欲看天湖凌绝顶，耄年未许作衰翁。

此次登高，一定是激发了龙山人先生的灵感。不信你看，他不但出手最快（登高回来的当晚就先交了二首），而且数量也名列第三（共六首）。这些作品中，篇篇见功底，阕阕有意境。只能挑一首吧，我更喜欢这首七律。起句揭示主题，工稳而不事张扬；颔联是大写意，线条粗旷，意境深远。最为诗友们称道的颈联，则在颔联的粗线条中加以点缀：抬头，碧空下翠鸟轻盈展翅；俯首，深涧边黄花幽艳迷人。结句从咏景到抒情，转得了无痕迹，那份登上冠峰后"一览众山小"而激发出的老当益壮的豪情，也让读者深受感染，当属"精品"！

5. 一苇：蝶恋花——重阳小忆

父母壮时儿尚小。执手牵衣，共上云山道。稚语如珠惊倦鸟，睡儿伏背犹轻笑。　　痴儿梦醒亲已老。大腹便便，难再登山道。且到湖边留晚照，斜阳白发看翁媪。

一苇老师无论于诗、于词、于诗词赏析，均有很高的造诣，且为人有君子之风，让我着实钦佩。说实在的，在我看到的一苇老师的大量作品中，这两阕重阳题材的词的质量，最多只能算是中等（一苇老师莫怪哦）。但即便如此，依然耐品。作品标题是"重阳小忆"，上片忆小，下片怜老，全篇一气呵就，浑然天成。"执手牵衣，共上云山道。""稚语如珠惊倦鸟，睡儿伏背犹轻笑。"描写细之又细，韵味长之又长。那种天真活泼，那种亲子温情，让人羡慕不已。朋友，读完这样的句子，在你的记忆中，是否会跳出类似的温馨情景呢？下片几句，我最喜欢的是"痴儿梦醒亲已老"。伏背轻笑的睡儿，一梦醒来，不觉已然为人父母，身边背上，也有了"执手牵衣"、"稚语""轻笑"的小儿女了。而"痴儿"的父母，毫无疑问已经是两鬓斑白或是白发苍苍的老人了。短短七字，便完成了从小儿女到父母，从"忆小"到"怜老"的转换。词作上下片之间的转折过渡，是困扰我们诗词爱好者的一大难题，读了一苇老师的这一句，我们是否能有所"悟"呢？

7. 清风煮酒：重阳冠峰行

> 登高正值艳阳天，曲径穿云向岭巅。
>
> 筋竹庵中寻古迹，弥陀寺外续新篇。
>
> 素茶代酒诗情逸，桂雨清心词赋连。
>
> 笑语喧喧扬笑意，红颜华发赛神仙。

清风版主的诗作，在前几个月的历次"评奖"中，均"榜上有名"，显出不凡的实力。这次，也许刚"连续作战"干完农活，有点累了吧，用他自己的话说，"有点浮躁"。但尽管如此，这首七律依然可圈可点。全诗紧扣"登"、"高"、"诗"、"会"，铺陈有序，虚实有度，追古抚今，收放自如，诗句清新，格律工稳。其中颔联将《徐霞客游记》中提及的两处古道遗迹——筋竹庵、弥陀寺纳入其中，使登高又平添了怀古的成分。对打足"徐霞客牌"的宁海来说，很有现实意义。（实话实说，我的那组《浣溪沙》本有四阕，其中第三阕有两句写的是"古寺弥陀踪迹杳，新庵筋竹匠工忙"。看到清风的这两句后，我舍弃了第三阕。）全诗值得一读！

8. 柴门：浣溪沙·重九记游（之三）

一路茶畦石道斜，冠峰岭上有人家。秋阳半壁照篱笆。

不见主人闻竹响，土鸡鞭笋炒蕃茄。农庄饭后品香芽。

柴门先生的三阕《浣溪沙》，应该是以"冠峰重阳诗会"为主题的组词，三阕词从不同侧面记述了这次活动的部分场景。词中佳句迭出，意境优美，值得称道。其中，尤以这第三阕更让人喜欢。起首两句，化用杜牧《山行》诗中的"远上寒山石径斜，白云生处有人家"句意，点出了冠峰最有特色的几道"风景"——满目茶树丛，九曲十八弯的乱石路，镶嵌在崇山峻岭间的错落有致的农家。第三句清新自然，亦虚亦实，将岭上人家的那份闲适渲染得淋漓尽致。下片最值得一提的是首句"不见主人闻竹响"。到了农庄，不见主人，主人去哪儿了呢？听到竹林里有响动，才知主人在那里面，为客人抓土鸡、挖鞭笋呢！读到这样的句子，让人不由自主地想起王维的名句"竹喧归浣女，莲动下渔舟"。

顺便说一句：尽管《浣溪沙》不排斥下片前两句不

对仗的作品,但是绝大多数词家仍奉"对仗"为正格。柴门先生以为然否?

9.云飞扬:重阳咏菊

霜枝何惧西风烈,金甲银盔作盾牌。

莫道寒英花蕊冷,含香留待故人来。

说实话,在云飞扬先生的两首作品中,我挺喜欢《老年节感怀》这首七律。诗作的基调虽过于悲凉,但触及当今社会的一个重大的现实问题——"空巢家庭"、"孤寂老人"为主体的"老龄化社会"!但是,清风版主曾经力挺云飞扬先生的《重阳咏菊》,并评述了"加精"的理由。细品之下,我也不禁喜欢上了这首绝句。对清风版主的赏评,我也十分认同。因此,请允许我偷个懒,将清风版主的赏评文字借用如下:"我说说我为什么加精的理由,起句读来不由人心头一震,是啊有何惧乎,霜枝如此,人生又何尝不如此呢,接着更有金甲银盔,老先生有古儒之胸怀。转结却极柔。我个人觉得能转得如此自然不着斧痕犹难得。刚柔并济,知交故人同看花,不失为人生一件快事。"

10.静练:峰顶遐思

剪片浮云作远帆,扶摇直上九重天。

神游闻得仙娥语,难道科研又跃前?

称静练诗友为老师,不仅是因为她曾经的职业和她的年龄,更是因为她于诗词的那份激情、那份执着、那份造诣！自9月7日"前童诗会"之后，静练老师一直是"跃龙诗声"最活跃的诗友之一，可敬可佩！这次重阳诗会，她的作品，论数量，位列第二；论质量，两阕《虞美人》《铁索桥》《登王爱》等也相当不错。就我个人感受而言，我最喜欢这首《峰顶遐思》。作者登上冠峰，被眼前美景所陶醉，在暖阳下眯起双眼，不觉起了奇幻的"遐思"，想象着脚踏一片云彩，乘风直上碧霄，闻得仙娥笑语，不禁陶醉其中。回过神来时，依然痴声问道"难道科研又跃前"？这样的遐思，我们小时候曾经有过（我儿子上小学时写的一篇作文中，也幻想在太空开设宾馆，迎接客人的交通工具就是意念控制的飞毯）。而以静练老师的年龄，仍然有此"遐思"，实属童心不老，难能可贵。尤其是起句，构想奇特，诗情浪漫，自当高看一眼。

11. 草世木：重阳思亲

霜降又重阳，添衣怕骤凉。

阿爹无叫处，老母可怆惶？

如前所述，草大师近期为诗，颇有点《红楼梦》里那个"诗痴"香菱的味道。正因为热爱，正因为努力，所以"诗艺"也日见长进。这次重阳诗会，一下子交出四首诗，而且如"飒爽秋风金送浪，天湖草长两昆仑"这样的佳句颇多。不过，我最推崇的还是她的这首《重阳思亲》。"重阳节"又是"老人节"，敬老爱老，是中华民族的优秀传统，而草版又是众所周知的大孝女，"重阳思亲"，尤其是思念"在"与"不在"的父母，必然倾注着作者的浓浓真情。让我们一起赏读："霜降又重阳，添衣怕骤凉。""重阳"那天恰逢"霜降"节气，"霜降"之后，天气应该明显转凉了，添件衣服吧，以防突如其来的秋凉。起承两句，初看平淡无奇，实则为转结作了充分铺垫。你看接下来的两句："阿爹无叫处，老母可怆惶？"那种刻骨铭心的思念，那份血浓于水的关切，让全诗的意境一下子得到了升华。读完全诗，让我这样有过类似思亲经历的人产生强烈的心灵撞击，久久回不过神来。好诗！

二、抢韵（一东）活动推精点评

本期抢韵，佳作迭出，确实很难取舍。我真后悔自己不知天高地厚，明明没有"金刚钻"，却冒失地揽下这"瓷器活"。唉，"冲动的惩罚"！好在大家都是以诗会友，不会计较推精不推精的。我就硬着头皮再冒失一次吧。不当之处，敬请指正和谅解。

1. 一羽：虹桥遗梦

港尾桥横似彩虹，风光谁觅旧时雄。

当年垂钓嬉潮处，无限诗情在梦中。

虹桥美，梦境美，诗境亦美！一羽版主的《虹桥遗梦》，在抢韵时序上拔得头筹，作品质量也列"上品"。

曾几何时，黄墩桥（虹桥）是桥头胡的标志性建筑，是桥头胡人的骄傲，当然也是作者当年垂钓、嬉潮的绝好去处。但如今，"虹桥依旧在，何处觅雄风？"只能在梦中，找回那时如诗如画的美好记忆了。殊为憾事！

2. 为伊憔悴：送别

> 秋水粼粼迎晚风，斜晖脉脉送孤鸿。

> 别时又问归来日，待到明年霜叶红。

为伊憔悴诗友的作品中，那份浓浓的情意，总是能打动读者的心。君不见，在晚风的吹拂下，秋水荡起层层涟漪，恰似离人的凄苦心情；夕阳映照的天边，孤鸿无助地哀鸣着，不得不告别它热恋的这片土地。别问，君别问，离人归来日，必定已经年！细品全诗，让人不由自主地想起李义山的《夜雨寄北》："君问归期未有期，巴山夜雨涨秋池。"想起弘一大师的《送别》："芳草碧连天"，"夕阳山外山"。

欣赏之余，也有微憾。已标《送别》，要是转句中的"别"字不出现，此诗应该会更完美。

3. 清风煮酒：秋夜独行

> 秋声又起断鸣螽，客过清江芦苇丛。

> 此去家山千里外，夜鸥乘月逐孤篷。

我非常喜欢清风煮酒诗友这首《秋夜独行》。清江，明月，芦苇，夜鸥，秋声，孤篷，传神地描绘了一幅"秋夜独行图"。加上一句"此去家山千里外"，将游子的孤独、落寞、思念,刻画得入木三分。难怪此诗在"中华风雅颂"网站上一挂出,版主便飘红共赏。确实耐品!

4. 柴门: 邻舍蹭饭

一桌时蔬四酒盅,溪鱼二碗覆蒸笼。

阿兄在坐频颔首,却道今年岁稔丰。

柴门诗友先以一首《书愁》,打开了自己的"诗篓子";后又被一羽版主"罚出"两首《邻舍蹭饭》。总体而言,这三首都不错。硬要比个高低,我更喜欢这一首。你看,进了农家,这桌,是古董(八仙桌,一人一方,所以只放"四酒盅");这酒盅,是古董(尽管粗糙,却还是青花瓷的);这蒸笼,也是古董(已成黑褐色,说不定是他爷爷传下来的呢)。四个人围坐着,喝着柴门兄携来的老酒和主人家的"番薯烧",吃着自种的时蔬和刚烤的溪鱼,聊着今年的好收成,岂不优哉游哉?儿时的记忆正是这样!

5. 又一村: 秋兴

秋日开游喜转浓,一湾水域赏蓼茸。

当年苦乐谁犹记? 捉蟹抓鱼怕蛭蟥。

又一村诗友这次抢韵共成诗三首。论难度,论影响,论政治,应该选二十六号作品《无题》。那不但是最难的"收官之作",而且也是最热的"抗日话题"。但就艺术成就而言,我认为当推这首《秋兴》。理由如下:其一,全诗起承转合,技巧娴熟;"喜、赏、记、怕",用词准确;"秋水蓼茳",诗境优美;"捉鱼抓蟹怕蛭蠓",形象生动(蛭,蚂蝗也;蠓,大概就是宁海人称为"蠓蝇丝"的那种小虫子吧,它们像蚊子一样,因了繁殖的需要,雌蠓会吸食人畜血液),具有较高的艺术价值;其二,这三个韵字均系冷僻字,要消灭它们,难度很大。但作者笔头轻轻一摇,便将这三字灭得了无痕迹。高手!

三、"七夕诗会"推精作品点评

1. 一羽:鹊桥仙·七夕感怀——反秦少游词意而用之

寥寥星汉,迢迢云路,世上此情谁诉?竹篱茅舍两相亲,便胜过、瑶台玉宇! 佳期又近,骚人争赋,赢得想思几许?凡胎肉眼望中遥,鹊桥觅、桥横何处?

窃以为,一羽先生这阕词,胜在技巧,更胜在立意。提起《鹊桥仙》,千古绝唱当数秦少游的"金风玉露一相逢,便胜却、人间无数"、"两情若是久长时,又岂在、朝朝暮暮"!受其影响,千百年来人们赞美的都是这一年一度的"鹊桥相会",向往的都是这唯美的爱情传说。而一羽先生反其意而用之,立足现实,摒弃虚无!词中连用三个设问句(世上此情谁诉?赢得想思几许?鹊桥觅、桥横何处?),棒喝世人的"无病呻吟",歌颂普通人的平凡生活。"竹篱茅舍两相亲,便胜过、瑶台玉宇!"诚哉斯言!

2.驽马：鹧鸪天·七夕

七巧年年牛女期，霜风冷露不胜悲。隔河相望凭何所？好渡双星见鹊飞。　情脉脉，意迟迟。良宵不负有心时。天荒地老长空里，不及人间一阕词！

驽马老师的作品，素以工稳老辣见长。"七巧年年牛女期，霜风冷露不胜悲。隔河相望凭何所？好渡双星见鹊飞。"短短四句，将节气时令、神话传说、作者心情，一一展现在读者眼前，律工意浓，自见功底。而我尤喜下片，特别是"天荒地老长空里，不及人间一阕词"，受到诗友的广泛好评。此作推精，名至实归。

3.为伊憔悴：七夕有怀

最恨年年值此时，人间天上绕情丝。

不知几许相思泪，洗尽当初一片痴。

也许，为伊憔悴先生当得起跃龙诗声"婉约派首席诗人"的称号。纵览其作品，几乎每一首每一句都浸透了那份委婉凄美！不信？请看这首七绝，是否每一句都用情至深？如果是我，至少第一句会写成"最是年年七夕时"。可他偏不，偏要用"恨"。转结两句"不知几许相思泪，洗尽当初一片痴"尤其出彩：明明是因痴痴相思而流泪，偏偏说要用泪水"洗尽"当初那份痴情！尽管转句的"相思"二字稍显直白，但结句极具感染力，让人久久回味，不知今夕何夕！

4. 云飞扬：鹊桥仙·七夕

飞星流彩，金梭织锦，漫道年华虚度。人间天上各不同，月圆缺、寄情何处？　秋光如画，风声似曲，信步鹊桥旧路。神仙眷属别离多，问何日、相携朝暮？

云飞扬先生一直是跃龙诗声的高产作家。虽然近来健康状况不甚理想，但他依然没放弃他挚爱的诗词。可敬可佩！这阕《鹊桥仙》，音律讲究，对仗工稳，章法老练，情怀炽热，不失为诗会作品中的精品。尤其是上下片分别以"人间天上各不同，月圆缺、寄情何处？"和"神仙眷属别离多，问何日、相携朝暮？"两句设问句作结，使词作平添偌多韵味，可圈可点！

后　记

　　凡学诗之人，谅必都有出一本自己的诗集之心。去年退休前，我曾起过将诗作结集出版，作为送给自己六十岁生日的礼物这样的念头。但终因自觉质量与数量均未"达标"而搁下。今年春节又议及此事，家人均力主结集。自己想想也好，通过结集出版，可以回顾总结此前学诗的历程与得失，认真反思自己的长处与短板，以利于在新的更高的起点上继续前行。

　　于是，细细检点诗箧，剔除那些早年认为不错，现在看看不合律或者时代特征过于明显的，将余下的二百四十余首诗词作品收入集中。集称《闲云集》，得名于我的网名——"帽峰闲云"。全书分屐痕处处、至爱亲朋、时政新咏、感事抒怀、诗友酬唱、闲情偶寄、游走网络等七个篇章。粗略统计，屐痕处处与诗友酬唱各占四分之一。这充分说明我的创作多数属于被动行为。但愿今后能有更多的"主动创作"。

本诗文集的付梓，有幸得到了中华书局沈锡麟、朱振华、许旭虹、许丽娟等老师的许多指点与帮助，在此表示衷心的感谢！同时，也借此机会，对我的老师、诗友、家人以及所有帮助、支持我学诗、出诗集的朋友们，致以真挚的谢意！

戴霖军

2017年6月